# Le chantage d'un époux

SHARON KENDRICK

# Le chantage d'un époux

*Azur*

HARLEQUIN

*Collection :* Azur

*Titre original :*
BOUND TO THE SICILIAN'S BED



**HARPERCOLLINS FRANCE**
83-85, boulevard Vincent-Auriol, 75646 PARIS CEDEX 13
Service Lectrices — Tél. : 01 45 82 47 47

www.harlequin.fr

ISBN 978-2-2804-2065-5 — ISSN 0993-4448

# 1.

Une bouffée de colère envahit Rocco Barberi. Elle était si puissante qu'il dut s'arrêter de marcher. Non, il n'avait pas le droit de se mettre en colère, lui dont le monde entier admirait la froideur calculatrice et dont les traits hautains de Sicilien ne trahissaient jamais la moindre émotion. Ses rivaux en affaire avaient coutume de dire qu'il aurait fait un joueur de poker de classe internationale. Mais si c'était vrai, comment pouvait-il sentir une telle rage bouillonner en lui, comme une coulée de lave brûlante, tandis qu'il contemplait une minuscule boutique d'artisanat dans un coin perdu de Cornouailles ?

En fait, il savait pourquoi. À cause d'elle. Sa femme. Sa bouche se tordit en un rictus haineux. Sa femme qui l'avait quitté et qui se trouvait à l'intérieur, en train d'étudier un vase de céramique. Sa femme qui n'avait pas changé : son épaisse chevelure brune et bouclée lui tombait au milieu du dos, sa taille était toujours aussi mince et sa chute de reins, superbe.

Lorsqu'il ouvrit la porte, le carillon retentit. Elle releva la tête et son visage se figea sous le choc. Rocco éprouva un bref instant de plaisir en lisant l'incrédulité dans ces yeux verts qui, naguère, l'avaient ensorcelé. D'une main tremblante, elle reposa le vase, le souffle court. Parfait…

— Rocco…

Il la vit avaler sa salive avec difficulté, fasciné par son cou fin et pâle qu'il avait si souvent couvert de baisers enfiévrés avant de s'attarder sur ses seins voluptueux.

— Qu'est-ce que tu fais là ?

Il attendit quelques instants pour répondre, histoire d'accroître la tension soudaine qui emplissait la petite pièce, tel un nuage prometteur de tempête.

— Tu viens de m'envoyer les papiers à signer pour le divorce, Nicole. Qu'est-ce que tu as cru ? Que j'allais te proposer la moitié de ma fortune et te laisser t'éloigner au soleil couchant, cheveux au vent ? C'est vraiment ce que tu espérais ?

Elle rougit et écarta de son visage une mèche sombre, avec la gaucherie d'une femme qui n'est pas sûre de son apparence. Contre toute attente, Rocco se sentit envahi par une bouffée de désir. Si elle avait su qu'il venait, peut-être aurait-elle fait un effort vestimentaire : elle portait un jean usé et une chemise blanche transparente qui ne révélait que trop bien sa somptueuse poitrine.

— Bien sûr que non, répondit-elle d'une voix cassée. Je croyais seulement…

— Oui ?

— Que tu m'avertirais avant…

— Comme tu l'as fait toi-même avant de mettre fin à notre mariage ?

— Rocco…

— Ou quand ton avocat m'a envoyé ces papiers, la semaine dernière. Tu n'as même pas eu la courtoisie de m'appeler pour m'annoncer que tu demandais le divorce, Nicole. Je me suis donc dit que tu devais aimer les surprises, et je suis venu.

Nicole sentit ses jambes se dérober, et pas seulement à cause de l'accusation qui lui était lancée au visage. En croisant le regard d'acier de Rocco, elle se demanda pourquoi elle se sentait si faible et si désarmée. Elle ne l'avait pas vu depuis deux ans et, pourtant, sa présence produisait toujours sur elle le même effet dévastateur. Davantage qu'avant peut-être. Elle avait oublié sa façon d'occuper tout l'espace d'une pièce, comme si le volume de celle-ci rétrécissait dès qu'il y entrait. Car elle s'était obligée à effacer l'homme qu'elle avait tant aimé et qui ne l'avait épousée que pour faire son devoir. Elle s'humecta nerveusement les lèvres. Sans doute avait-elle été folle d'espérer autre chose d'une relation d'emblée vouée à l'échec, comme toutes les unions de ce genre.

Elle repensa au scandale qu'avait provoqué ce mariage mal assorti et aux gros titres des journaux. *Le milliardaire sicilien épouse sa femme de ménage,* suivi de l'inévitable *Le conte de fées vire à l'aigre*. Une union qui s'était terminée aussi vite qu'elle avait commencé. Elle était partie parce qu'elle ne pouvait pas faire autrement. Un gouffre s'était creusé entre eux et, quand elle avait perdu son bébé, elle n'avait plus eu aucune raison de rester. Pour survivre, elle devait recouvrer sa liberté.

C'était du moins ce qu'elle s'était répété, encore et encore, après avoir quitté la Sicile. Au début, chaque minute lui avait paru une éternité de souffrance, mais, peu à peu, les jours s'étaient transformés en semaines et même en mois. Elle n'avait pas répondu aux appels de Rocco, ni lu ses lettres, car elle savait que, pour en finir, mieux valait une rupture définitive. Quand les mois étaient devenus des années, elle avait supposé qu'il avait accepté la séparation, tout comme elle. Mais le voilà qui débarquait sans crier gare. Dans sa boutique comme dans sa vie, et cela lui broyait le cœur. Toute la souffrance passée resurgissait si brutalement qu'elle en avait le souffle coupé.

Voilà sur quoi elle devait se concentrer : ce qui s'était passé quand elle était sa femme. La réalité, pas le conte de fées qui n'avait jamais vraiment existé. La façon dont il lui avait imposé de porter certains vêtements, la traitant comme une esclave délaissée qu'il avait dû acheter contre son gré.

Malgré tout, elle ne pouvait empêcher ses yeux de s'attarder sur ce corps puissant, bien mis en valeur par un de ces costumes gris foncé qu'il avait toujours affectionnés. Fascinée par le contraste entre la blancheur de sa chemise et sa peau mate, elle regretta que, contrairement à ce qu'elle avait espéré, ces deux longues années de séparation ne l'avaient pas immunisée contre la séduction qui émanait de lui. Mais Rocco se révélait, hélas, encore plus attirant que dans son souvenir, comme si l'absence avait encore ajouté une dimension supplémentaire à son incomparable pouvoir érotique.

Sa peau lumineuse était hâlée et ses yeux bleus étincelants rappelaient ses lointaines origines grecques. Des yeux capables de vous dévaster d'un seul regard, de vous déshabiller en quelques secondes, avant même que ses mains ne se mettent à l'œuvre. La dernière fois qu'elle l'avait vu, Nicole avait été ravagée par le chagrin et par une douloureuse sensation de vide.

Mais aujourd'hui ?

Même si elle ne se sentait plus aussi désemparée, impossible d'ignorer les battements erratiques de son cœur, ni ses sens qui reprenaient vie, malgré elle. Ni ce picotement dans la poitrine et cette chaleur au creux du ventre. Une fièvre familière envahissait tout son corps qui semblait revenir à la vie et elle ne put s'empêcher de rougir au souvenir de leurs étreintes. Même si ces pensées, ces sentiments n'étaient qu'une perte de temps. Car à quoi bon désirer Rocco ? Pour lui, elle n'était plus rien et, d'ailleurs, elle n'avait jamais rien été. Sauf une femme qu'il avait épousée, mais qui ne lui avait pas donné l'enfant qu'elle portait. Tout était fini, et rien n'avait jamais commencé. Alors, inutile de prolonger ou de faire resurgir un passé douloureux. Traiter la chose froidement, comme une affaire.

— Que puis-je faire pour toi, Rocco ? s'enquit-elle de la voix la plus neutre possible. Y a-t-il un point particulier dont tu veuilles discuter avec moi ? Et si c'est le cas, ne vaudrait-il pas mieux nous en remettre à nos avocats ?

— Si je suis venu jusqu'ici, c'est que je pense que nous pouvons en tirer tous les deux avantage.

Elle lui jeta un regard suspicieux.

— Je ne comprends pas. Nous sommes séparés, et je

ne vois pas quel avantage nous pourrions tirer, toi et moi, de ta présence ici.

Rocco se passa pensivement le pouce sur la lèvre inférieure. Il était parfaitement conscient qu'on aurait pu l'accuser de chantage affectif. Et alors ? Son épouse, si superficielle, avec ses grands yeux verts, méritait-elle d'être traitée autrement ? N'était-il pas temps qu'elle découvre le prix à payer pour s'être mesurée à Rocco Barberi ? C'était pour cette raison qu'il était venu, pour lui faire part de ses exigences, et lui signifier qu'il lui faudrait s'y plier si elle tenait tant à ce fichu divorce.

Il avait cru que ce serait facile. Simple comme deux et deux font quatre. Mais c'était compter sans ce désir qui l'avait pris au dépourvu. Il s'était imaginé la regardant comme n'importe laquelle de ses ex, avec une froide impartialité, parce qu'une fois qu'on avait possédé une femme, on ne ressentait plus la même attirance. Mais avec Nicole, c'était différent, il sentait son sexe dur comme un roc et il avait du mal à se concentrer sur autre chose que sur son désir d'être en elle de nouveau — la chevauchant jusqu'à ce qu'elle crie son nom. Peut-être parce qu'il lui avait passé la bague au doigt, et que c'était plus déterminant qu'il ne l'avait cru ?

— Je veux obtenir quelque chose de toi, déclara-t-il d'une voix plus dure.

— Désolée, Rocco, mais tu ne t'adresses pas à la bonne personne, répondit-elle en secouant la tête, ce qui fit danser ses boucles sur ses épaules. Tu n'as rien à obtenir de moi. Tu te rappelles que nous allons divorcer ?

— Peut-être. Ou peut-être pas.

Elle le fixa d'un air consterné.

— Selon la loi, il est possible de divorcer après deux ans de séparation.

— Je connais la loi, mais elle ne s'applique que si les deux parties y consentent. Réfléchis bien, Nicole. Si tu veux divorcer, il te faut mon accord, et si je veux, je peux faire traîner cette affaire durant des années.

En entendant cette menace, Nicole eut envie de fuir, très loin, pour qu'il ne puisse jamais la retrouver. Mais suivre son instinct ne lui aurait servi à rien. Car c'était ce même instinct qui l'avait jetée dans les bras et dans le lit de Rocco alors qu'elle savait parfaitement qu'il ne cherchait qu'à coucher avec elle.

Non, elle n'était plus cette fille-là, assez amoureuse pour se laisser séduire par son puissant patron et succomber à ses caresses expertes. Une innocente femme de ménage qui avait cédé aux mensonges chuchotés par sa bouche sensuelle, enfilé la culotte fendue achetée à Soho et fondu de plaisir quand il y avait introduit les doigts. Elle avait même feint d'apprécier les légers coups de fouet qui caressaient ses fesses nues parce qu'elle tenait à le faire jouir autant qu'elle. Pour lui plaire. Pour se comporter en maîtresse absolument parfaite, dans l'espoir de compter un jour autant pour lui qu'il comptait pour elle. Mais à peine lui avait-elle offert sa virginité qu'il avait pris ses distances, prétextant d'importants voyages d'affaires, ce qui était d'ailleurs sa tactique habituelle pour se débarrasser d'une maîtresse trop encombrante.

En fait, il aurait sans doute fini par la quitter très vite si la nature n'était pas intervenue pour leur imposer le rôle de futurs parents malgré eux. Submergée par ce douloureux souvenir, Nicole tenta de se dire que c'était du passé et qu'aujourd'hui, la situation était très différente. Elle s'était habituée à vivre seule. Et même s'il lui était très difficile de subvenir à ses besoins avec ce qu'elle gagnait dans la petite boutique d'artisanat qu'elle avait ouverte avec l'aide de la municipalité, au moins son cauchemar avait pris fin et elle ne voulait plus entendre parler de Rocco Barberi, ni de ses milliards ni de son cœur sec et froid.

Elle se redressa et releva le menton pour le fixer droit dans ses yeux bleus.

— Pourquoi me refuser ton accord alors que nous savons aussi bien l'un que l'autre que notre mariage est terminé ?

— C'est pour cela que tu n'as répondu à aucune de

mes lettres ? Parce que tu avais pris ta décision toute seule dans ton coin ?

— À quoi bon faire traîner les choses en longueur ?

Elle vit son corps se tendre et il allait riposter quand le carillon retentit. Une femme d'un certain âge fit son entrée et dut remarquer la tension qui régnait dans la petite boutique car son regard incertain fit quelques allers-retours de Rocco à Nicole, comme si elle prenait conscience de son intrusion dans une discussion privée.

— Excusez-moi… Le magasin est ouv…

— Non, il est fermé, coupa Rocco.

Nicole ouvrit la bouche pour protester, mais la dame était déjà ressortie en bredouillant des mots d'excuse. La jeune femme se tourna vers son mari, les yeux étincelants de rage.

— C'est indigne ! Tu viens dans ma boutique et tu en chasses des clients potentiels !

— Je le reconnais, mais écoute-moi bien, Nicole, pour qu'il n'y ait aucun malentendu entre nous. Je te donne le choix. Ou bien je ferme la boutique, ou bien tu acceptes de me donner rendez-vous quand tu auras fini ta journée. Je ne veux pas risquer d'être interrompu par un fichu client quand je te ferai ma proposition.

— Une proposition ? Et si je refuse ?

— Pourquoi le ferais-tu si tu tiens tant à recouvrer ta précieuse liberté ? Tu as tout intérêt à me… comment dites-vous ça en anglais ? Ah oui, à me ménager.

Nicole se raidit en reconnaissant la voix de velours dont il usait quand il la serrait dans ses bras et qu'elle faisait pleuvoir les baisers sur son visage. Jamais plus… Son corps avait beau trembler de désir, elle combattrait cette attirance de toutes ses forces. D'ailleurs, il avait raison. Si un autre client entrait… Un couple en plein divorce en train de se bagarrer, ce n'était pas très professionnel. Elle pouvait au moins écouter ce qu'il avait à lui dire et se prêter au jeu pour obtenir sa liberté.

— Très bien. On peut se donner rendez-vous dans un

café après la fermeture. Il y en a un de l'autre côté du port qui devrait être encore ouvert à cette heure-là. Il a un store rouge et blanc, tu ne peux pas le manquer.

— Pas question de te parler en public dans un café. Je veux que ça se passe chez toi, Nicole, pour voir l'endroit où tu as préféré vivre plutôt que dans ta maison de Sicile.

Elle faillit protester et lancer que, dans la villa Barberi, elle se serait plutôt crue dans une prison que dans sa propre maison, mais à quoi bon l'énerver davantage ? Quand Rocco découvrirait le lieu où elle vivait, il comprendrait qu'elle était réellement décidée à divorcer, que, pour elle, l'argent et les privilèges ne signifiaient rien au regard d'une vie paisible.

— Très bien. Mon appartement se trouve au-dessus du salon de thé de Greystone Road. Numéro 37. Mais ne viens pas avant 19 heures.

— *Capisce.*

Il se dirigeait déjà vers la porte quand ses yeux tombèrent sur une céramique qu'il souleva pour l'observer de plus près. Une cruche de terre cuite décorée de citrons jaunes sur un fond bleu marine étincelant et dont l'anse figurait une branche de citronnier recourbée. Il la tourna et la retourna entre ses doigts bronzés pour l'étudier avant de fixer Nicole droit dans les yeux.

— Très beau, ce vase. Il me rappelle la Sicile.

Elle acquiesça en regrettant qu'il ait fait le rapprochement.

— Oui, la Sicile m'a sans doute inspirée quand je l'ai dessiné.

— J'ai presque envie de l'acheter. Tu n'as pas l'air d'avoir trop de clients.

— Surtout quand tu mets à la porte ceux qui entrent dans ma boutique. D'ailleurs, il n'est pas à vendre, dit-elle en lui montrant une pastille rouge.

En fait, personne ne l'avait acheté, mais elle y avait collé une pastille rouge parce qu'elle ne désirait pas le vendre. C'était le dernier élément d'un service de table réalisé tout de suite après qu'elle était revenue de Sicile, le cœur brisé, et qui s'était très bien vendu. Mais pas question de l'avouer à Rocco. Pas plus qu'elle ne lui parlerait de la minuscule grenouillère achetée juste après sa première échographie et qu'elle gardait encore, bien emballée, dans un tiroir. Elle s'était promis de vendre la cruche dès que le divorce aurait été prononcé, mais jamais elle ne se séparerait de la grenouillère, elle le savait.

Rocco reposa la céramique et se tourna de nouveau vers elle. Son regard saphir chercha le sien. Il était toujours le plus bel homme qu'elle ait jamais vu, et le cœur de Nicole se mit à battre la chamade. Elle sentit ses seins se gonfler, comme au pire moment de sa vie, un moment dont elle avait cru ne jamais se remettre. Mais elle avait repris le dessus. Sans lui. Parce qu'ils étaient toxiques l'un pour l'autre, elle avait fini par le reconnaître. Et il était temps que Rocco en fasse autant.

Soudain, elle eut envie qu'il s'en aille. Parce que c'était trop douloureux de sentir ce chagrin se réveiller en elle et menacer de la submerger. Avant qu'elle ne fonde en larmes en se souvenant de tout ce qu'elle avait perdu.

# 2.

Deux tasses de tisane et la certitude qu'il ne lui servirait à rien de s'énerver avaient permis à Nicole de retrouver un peu de calme quand, en arrivant chez elle, elle aperçut Rocco qui l'attendait devant la maison. Elle avait réussi à se convaincre qu'évoquer ses pires souvenirs ne lui serait d'aucune utilité, mais qu'elle devait garder son calme pour négocier, même si cela paraissait impossible, compte tenu de son caractère.

Dans cette étroite ruelle de Cornouailles, Rocco semblait totalement déplacé, comme si son corps était trop grand et trop puissant pour les petites maisons de ce quartier où chaque balcon était orné de fleurs qui dansaient dans la brise. Comme son mari lui paraissait sombre dans cet environnement… Seule la blancheur de sa chemise éclairait son visage aux traits rudes. Le cœur battant très vite, elle s'approcha de lui.

Comme d'habitude, un groupe de vacanciers attendait devant le salon de thé juste au-dessous de son minuscule appartement et d'autres se dirigeaient vers le stand de *fish and chips* ou vers l'un des petits pubs traditionnels du quartier qui servaient de la bière brune. Ce qui ne les empêchait pas de se retourner pour dévisager Rocco, fascinés par la virilité qui émanait de cet étranger. Dirigeant d'un important groupe pharmaceutique, il était l'un des hommes les plus riches du monde, mais, même s'il n'avait rien possédé, Nicole était convaincue qu'il aurait quand même attiré les regards. Et il ne fallait pas qu'elle oublie qu'au-delà de ses souvenirs si douloureux, elle restait aussi sensible à son charme que n'importe quelle autre femme.

*Et qu'il avait toujours la même capacité de la faire souffrir.*

Sous le regard de ses yeux saphir, elle se sentait très vulnérable.

— Tu es en avance, dit-elle en fouillant dans son sac pour y chercher ses clés.

— J'avais trop hâte de te voir, répondit-il d'un air goguenard.

— Dans ce cas, entre donc.

Rocco s'effaça pour la laisser passer. Il fut incapable de ne pas réagir à son odeur si spéciale, tandis qu'elle poussait la porte. Une odeur qui ne devait rien au parfum, mais qui était son essence même et qu'il avait toujours trouvée terriblement grisante. Tout comme en cet instant, il lui fallait bien le reconnaître, même s'il ne s'y attendait pas. Mais n'avait-elle pas toujours eu le talent de le surprendre ? Son regard vert provocant et ses courbes sensuelles qui lui donnaient une allure plus excitante qu'aucune autre femme l'avaient amené à transgresser toutes les règles qu'il s'était fixées.

Quand il l'avait séduite, il avait cru qu'elle avait de l'expérience, car, dès leur première rencontre, elle avait flirté avec lui de façon très appuyée. Pourtant, il ne l'avait pas touchée avant leur quatrième rendez-vous ; en effet, quelque chose en elle le déroutait. Elle avait beau avoir l'air de le désirer, comme n'importe quelle autre femme, il s'était obligé à patienter, sans trop savoir pourquoi. Peut-être cherchait-il seulement à prolonger cette délicieuse attente et le désir qu'elle avait éveillé en lui.

Puis il avait découvert qu'elle était vierge, ce qui avait changé la donne et l'avait totalement déstabilisé. Sa rencontre avec Nicole Watson avait éclipsé toutes les autres, et il fut tenté de la prendre dans ses bras pour savoir si elle sentait toujours aussi bon. Pour se perdre dans la chaleur de ce corps si tendre, l'essence même de la féminité, et dans la tiède humidité qu'elle lui avait toujours offerte.

Sauf qu'elle l'avait abandonné. En lui renvoyant en plein visage tout ce qu'il avait voulu lui donner. Ce souvenir suffit à calmer son désir et il la suivit dans le vieil escalier branlant. En entrant dans l'appartement, il ne put s'empêcher de faire la moue. Comment avait-elle pu choisir de vivre là ? Une Barberi dans ce taudis indigne d'un serviteur du Moyen Âge !

C'était incroyablement petit. Un jeté de lit de couleur vive dissimulait un canapé fatigué. Un fauteuil défoncé. Un vieux radiateur électrique et, au fond, un réduit qui servait de cuisine. Rien de plus.

Il reconnut une photo de la mère de Nicole, mais aucune de lui. Sa bouche se durcit. Pourquoi y en aurait-il eu une ? Eux deux, par exemple, en Sicile, devant la cathédrale, elle avec son voile de tulle blanc qui voletait au-dessus de ses boucles brunes, le ventre toujours plat malgré sa grossesse de plusieurs semaines ?

Mais pourquoi évoquer ce sujet tabou ? se demanda-t-il en s'empressant de le chasser de ses pensées, les yeux fixés sur la femme debout en face de lui et qui lui paraissait tellement différente. Les vêtements élégants qu'elle avait portés durant leur bref mariage avaient disparu et elle avait repris l'allure un peu bohème qu'elle avait toujours affectionnée par le passé. Une allure qu'il aurait appréciée si elle avait été sa maîtresse, mais qui ne convenait pas à l'épouse d'un Barberi. Elle lui rendit son regard sans que ses lèvres pulpeuses esquissent le moindre sourire.

— Alors, Rocco, de quoi s'agit-il au juste ?

Il aurait voulu la punir pour ce manque de courtoisie. Après tout, il l'avait tirée du ruisseau et lui avait offert une vie meilleure. Il lui avait tout appris. *Tout.* Comment s'habiller. Comment se comporter. Quand parler et quand se taire. Et maintenant, elle le traitait avec une impatience à peine dissimulée, comme un vendeur qui aurait cherché à forcer sa porte.

— Tu ne m'offres même pas un café ?

— Je n'ai pas le temps. Je n'ai pas prévu une longue visite. Toi, si ? Mais tu as prétendu que tu avais quelque chose à me dire. De quoi s'agit-il ?

Il s'assit sur un accoudoir du canapé et étendit ses longues jambes.

— Je veux que tu joues un rôle pour moi.

— Un rôle ? Je ne comprends pas.

— Le rôle de mon épouse, précisa-t-il avec un sourire sans joie. Comme si on se réconciliait.

— Comme si on se réconciliait ? Tu es fou ?

Rocco pensa au nombre de fois où il s'était posé exactement la même question, en se demandant comment il avait pu tomber amoureux d'elle. Pourquoi, malgré les attentions que lui prodiguaient des femmes appartenant à son milieu social, il s'était amouraché d'une humble femme de ménage employée dans ses bureaux londoniens. Comment il avait osé s'enfermer un soir avec elle dans son bureau pour la trousser sur une table. Il se rappelait la courbe de ses hanches quand il lui avait ôté sa culotte d'une main tremblante, et la façon dont ses doigts s'étaient glissés dans sa chaude humidité avant qu'il entre en elle, plein d'un désir qui lui faisait complètement perdre la tête. Dès qu'il l'avait effleurée du doigt, il avait perdu son sang-froid légendaire et le P-DG du groupe Barberi s'était retrouvé, le pantalon sur les chevilles comme un collégien, en train de chevaucher une humble employée.

— Au contraire, *tesoro,* dit-il après avoir avalé sa salive. Je suis très sérieux. Ta demande n'aurait pas pu plus mal tomber.

— Vraiment ?

— Vraiment. Pour tout dire, je suis en pleine signature d'un contrat plutôt difficile.

— Je croyais qu'en affaires, tu avais cent pour cent de réussite. Te serais-tu endormi, Rocco ?

— Ce contrat est absolument décisif. Il s'agit d'une

OPA hostile sur un groupe européen qui devrait faire de Barberi le leader mondial de l'industrie pharmaceutique.

— Où est le problème ?

— Je rencontre une certaine opposition, et quelques actionnaires ont fait appel à une agence de communication pour trouver de quoi me couler, ce qui ne manquera pas de se produire si ma vie privée se révèle... compliquée. D'autant plus que l'actionnaire principal, un certain Marcel Dupois, est connu pour être particulièrement conservateur, surtout en matière de vie familiale. Je ne tiens pas à ce qu'il apprenne que ma femme m'a quitté et qu'elle vient justement de demander le divorce.

— Alors, laisse tomber cette opération.

— Pas question, répondit-il d'une voix dure. C'est trop important pour moi.

Évidemment. Pour Rocco, les affaires avaient toujours passé avant tout le reste, et en particulier avant sa femme.

— Alors, qu'attends-tu de moi ? Que je renonce au divorce ?

— Au moins provisoirement. Et je veux aussi que tu joues ton rôle, comme tu as toujours su si bien le faire. Ce sera facile. Tu devras simplement faire semblant d'être ma femme pendant deux jours.

— Faire semblant d'être ta femme ?

— C'est cela même. J'ai en vue un week-end très médiatisé, et si tu es présente à mes côtés, jouant ton rôle d'épouse aimante, ça me sera très utile.

— *Utile ?*

— Ce mot ne te plaît pas ?

Nicole sentit la moutarde lui monter au nez. Bien évidemment, ce mot lui déplaisait parce qu'il lui semblait résumer leur relation. Pour lui, elle n'avait jamais été qu'une commodité dont il se servait à sa guise. Elle aurait voulu le chasser de chez elle et lui dire de ne plus jamais revenir. Mais elle se souvint de ce que lui avait dit l'avocat avant de remplir les papiers.

*« Votre mari est un homme puissant, madame Barberi.*

*Il ne faut en aucun cas engager une bataille juridique contre lui, mais chercher un compromis, à l'amiable. »*

Elle l'avait parfaitement compris. Mais au point de se livrer à cette mascarade ? De raviver toute cette souffrance et cette frustration et de se donner en spectacle dans une caricature de leur union ratée ?

Pas question !

— Tu dois comprendre que ce que tu me demandes est absolument hors de question. Rocco, je suis désolée que tu sois venu jusqu'ici pour rien, mais je ne peux pas me prêter à ce jeu.

— Nicole, je ne plaisante pas. Si tu refuses de coopérer, je n'accepterai pas de t'accorder le divorce.

— Tu ne peux pas m'empêcher de divorcer !

— Bien sûr que si. On a beau être restés séparés deux ans, il te faut mon accord. D'après mes avocats, je peux m'y opposer en prétendant que l'échec de notre mariage n'est pas irrémédiable.

— Tu ne…

— Pour conclure cette affaire, je suis prêt à tout, *tesoro*. À toi de voir ce que tu décides.

Il y avait une telle détermination dans sa voix que Nicole ne put s'empêcher de penser au pouvoir et à l'influence qu'il détenait. Son avocat avait raison : avec autant d'argent, il pouvait agir à sa guise, contrairement à elle. C'était aussi simple que cela. En théorie, pour divorcer, il lui suffisait d'attendre, mais elle n'avait pas envie d'être encore liée à Rocco pour trois longues années, avec tous les souvenirs qui allaient avec. Et ce sentiment insupportable qu'il y avait sans cesse quelque chose ou quelqu'un pour l'empêcher d'avancer dans la vie… Sans parler de ces traits marqués mais si bien dessinés qui l'obsédaient et de ces yeux bleus qu'elle voyait chaque nuit en rêve.

— Et si j'accepte ? Qu'exigeras-tu de moi ?

Il ne réagit pas et son visage demeura impassible. Décidément, il n'avait pas changé. Toujours aussi froid et contrôlé.

— Nous assisterons ensemble à la projection d'un film, ainsi qu'à un dîner et à un cocktail. Tout cela réparti sur deux jours. Rien de plus.

— Rien de plus, répéta-t-elle lentement.

— *Se.* Nous sommes censés offrir à notre mariage une seconde chance, devenir un autre couple, capable de résoudre ses « problèmes ». Tout le monde adore ce genre d'histoire et cela contribuera à me rendre plus proche des gens, déclara-t-il avec une touche d'ironie dans la voix. Toi, tu y gagneras un week-end à Monaco, et moi, la finalisation de mon contrat.

— À Monaco ?

— C'est là que je vis désormais.

— Tu as quitté la Sicile ?

— C'est exact.

Elle crut percevoir comme une fêlure dans sa voix, mais elle était trop perturbée pour s'étonner qu'il ait abandonné sa chère terre natale. Elle tenta de se concentrer sur le choix à faire, mais le regard de Rocco pesait sur elle, et elle se demanda si elle pourrait surmonter une pareille épreuve. Quelle ironie de devoir jouer de façon convaincante les épouses repentantes pour obtenir enfin sa liberté !

Réussirait-elle à s'en sortir ? En public, peut-être, mais en privé… Elle passa sa langue sur ses lèvres desséchées. Avec Rocco, tout était tellement compliqué. Parce qu'elle n'avait jamais désiré que lui et qu'elle venait de découvrir qu'elle le désirait encore.

Même s'il ne lui avait pas laissé entrevoir le moindre signe que ce désir était partagé, comment savoir ce qu'il ressentait lui-même, dans le secret de son corps ? Et s'il éprouvait lui aussi une attirance pour elle, qu'allait-il se passer ? Serait-elle capable de résister au charme de ce superbe Sicilien ?

Donc, elle n'avait pas le choix. Si elle ne voulait pas qu'il lui brise de nouveau le cœur, il ne fallait pas qu'elle se retrouve plus longtemps dans les parages de son séducteur de mari. Ne pas oublier la souffrance qu'elle avait endurée et le mal qu'elle avait eu à le quitter.

— C'est impossible, Rocco, dit-elle en tentant de ravaler l'émotion qui risquait de faire trembler sa voix. Essaie de me comprendre.

Mais si elle espérait de sa part un peu de compréhension ou seulement de considération, elle se sentit cruellement déçue en voyant son visage se durcir et prendre une expression impérieuse qu'elle ne connaissait que trop bien. Il acquiesça, regarda sa montre comme s'il était en retard à un rendez-vous, et se contenta de hausser les épaules.

— Dans ce cas, nous nous reverrons au tribunal, Nicole.

Elle le connaissait assez pour savoir que s'il le disait, il s'y tiendrait. C'était un homme assez puissant pour faire ce qu'il voulait ; s'il avait décidé d'utiliser son épouse qu'il n'avait jamais aimée pour assouvir une ambition professionnelle, il le ferait. Elle était à sa merci, il le savait, et elle aussi. Elle sentit son cœur s'emballer et ne réussit pas à dissimuler la colère qui la submergeait.

— Très bien. Puisque tu ne me laisses pas le choix… j'accepte ce marché.

Rocco acquiesça, les sens en alerte. Il avait décroché ce qu'il voulait, mais se demandait jusqu'à quel point elle serait capable de jouer une comédie qu'elle détestait uniquement pour obtenir ce fichu divorce.

— Dans ce cas, pourquoi nous précipiter sur les avocats ? demanda-t-il d'une voix de velours en jetant un coup d'œil méprisant à la ronde. Tu ne peux pas attendre pour mettre la main sur mon argent ? Un matin, tu t'es levée et tu t'es dit que tu en avais assez de vivre dans ce trou à rats et que ton riche mari allait te permettre d'en sortir ? On est bien d'accord, Nicole ?

— L'argent n'y est pour rien, Rocco. Je ne cherche pas à te plumer, si c'est de ça qu'il est question.

— Vraiment ?

À cet instant, une autre hypothèse surgit dans son esprit et il fut stupéfait par la bouffée de jalousie qui l'envahit, tel un sombre poison. Dès qu'il était rentré des États-Unis et avait découvert qu'elle l'avait quitté, il avait cru deviner pourquoi elle avait profité de son absence pour s'enfuir.

— Mais peut-être s'agit-il d'autre chose, comme cela arrive fréquemment dans ce genre de situation.

— Que veux-tu dire ?

— Il y a un autre homme à l'horizon et tu tiens à retrouver ta liberté. N'est-ce pas, ma petite séductrice ?

Sa voix s'était durcie et, soudain, il envisagea un autre avantage à exiger d'elle en guise de contrepartie au divorce : si elle avait un nouvel amant, celui-ci ne serait probablement pas ravi d'apprendre qu'elle allait passer tout un week-end avec Rocco Barberi, songea-t-il avec une pointe de plaisir sadique.

— Si tu t'es engagée dans une autre relation, sans doute le nouvel élu t'a-t-il demandé de te débarrasser au plus vite de ton Sicilien de mari ? ajouta-t-il.

Si Nicole avait été de meilleure humeur, elle aurait sûrement éclaté de rire. D'abord, depuis qu'elle avait quitté Rocco, aucun homme ne l'avait même regardée, sans doute parce qu'elle dégageait des ondes négatives. Et même si cela s'était produit, si un homme superbe avait surgi soudain dans sa petite boutique pour lui proposer un rendez-vous, cela l'aurait laissée complètement froide. Parce que ce n'aurait pas été Rocco, le seul qu'elle ait jamais désiré, au point que, parfois, elle avait peur qu'il n'y en ait jamais d'autre. Dernière séquelle de leur mariage raté, elle se sentait incapable de l'oublier.

Mieux valait qu'il continue à ignorer cette ultime faiblesse, se dit-elle en le fixant droit dans les yeux.

— J'ai mes raisons qui ne regardent que moi, conclut-elle froidement.

# 3.

Donc, elle était à Monaco.

En descendant du jet privé, Nicole releva la tête, brûlée par la chaleur du soleil qui l'éblouit malgré ses verres teintés. Dans le lointain, elle aperçut l'étendue scintillante de la Méditerranée d'un bleu de saphir, sur laquelle glissait une luxueuse armada de yachts argentés.

Sans jamais y être allée, elle savait tout de cette principauté ensoleillée du sud de la France où résidaient des femmes et des hommes parmi les plus riches de la planète. Un lieu voué au luxe, aux excès et au glamour. C'était là que vivait désormais Rocco. Elle ajusta ses lunettes de soleil en s'étonnant qu'il ait choisi ce terrain de jeu pour milliardaires, lui qui lui avait toujours paru si attaché aux valeurs rustiques de sa terre natale. Il proclamait alors ne trouver aucun intérêt aux tables de jeu ni aux restaurants où le repas se donnait en spectacle. Une fois de plus, elle se demanda pourquoi il avait quitté la Sicile.

Tout en se dirigeant vers la voiture noire étincelante qui l'attendait sur le tarmac, elle se félicita d'avoir exigé qu'il lui accorde quelques jours de répit avant de venir. Elle avait prétendu qu'elle devait trouver quelqu'un pour la remplacer à la boutique et arroser ses plantes, mais, en réalité, elle avait surtout besoin de reprendre ses esprits. De se renforcer dans sa résolution de ne rien faire qu'elle puisse regretter ensuite, et de trouver le courage d'affronter le mari qu'elle avait quitté. Quoi qu'il arrive, elle ne devait pas laisser le désir fausser son jugement et, dans l'avion, elle avait eu l'impression qu'elle en aurait la force. Mais en cherchant des yeux la chevelure sombre de Rocco, elle prit conscience des battements désordonnés de son cœur et de la moiteur de sa peau. À quoi bon essayer de se leurrer elle-même ?

Un chauffeur en uniforme s'avança pour lui ouvrir la portière.

— Bienvenue à Monaco, signora Barberi, dit-il dans un anglais parfait mais teinté d'un fort accent français. Malheureusement, votre mari a été retardé et n'a pas pu venir vous accueillir. Il m'a demandé de vous préciser qu'il vous verrait chez lui.

Nicole faillit dire au chauffeur qu'elle préférait être appelée Mme Watson avant de se rappeler la comédie qu'elle s'était engagée à jouer : elle n'était pas censée être une joyeuse célibataire disposée à se lancer dans une vie nouvelle et indépendante, mais une femme prête à défendre bec et ongles son mariage en péril.

D'un air triste mais résigné, elle se glissa sur le siège arrière de la limousine en essayant d'oublier à quel point son jean élimé détonnait dans cette voiture de luxe.

Malgré le confort de la banquette et l'air conditionné, elle ne parvint pas à se détendre, comme si elle s'apprêtait à passer un entretien d'embauche. Depuis que Rocco avait surgi dans sa boutique et mis son corps et son esprit sens dessus dessous, elle n'avait pratiquement pas fermé l'œil. Plus question de renfermer le passé dans la boîte qu'elle avait tenue si longtemps verrouillée. Soudain, elle s'était demandé comment elle allait pouvoir feindre de ressusciter un mariage qui n'avait jamais vraiment existé. Car ils avaient toujours été deux étrangers mal assortis sans rien d'autre en commun que les tragédies qui avaient marqué leurs enfances respectives.

Ils étaient tous les deux orphelins. Nicole avait été abandonnée une nuit, à la porte d'un hôpital, sous la neige, et les parents de Rocco étaient décédés dans un accident de hors-bord quand il avait quatorze ans. Nicole avait cru que ces deuils les rapprocheraient, mais son mari se refusait absolument à évoquer le passé. Quand elle tentait d'aborder le sujet, il secouait la tête en prétendant qu'il avait dépassé tout cela et qu'elle aurait bien dû en faire autant. Elle s'était trouvé une gentille mère adoptive. Quant à lui, il avait aidé son grand-père à s'occuper de ses deux jeunes frère et sœur en détresse.

Selon lui, toutes ces difficultés étaient désormais derrière eux.

Nicole observa par la vitre les boutiques de vêtements et les bijouteries de luxe, si semblables à celles de Paris. Elle avait de plus en plus de mal à imaginer Rocco vivant dans ce faste clinquant. Mais au fond, elle le connaissait si mal… Comment juger un homme si différent d'elle socialement et qui ne l'avait jamais autorisée à entrer dans son intimité ? Un milliardaire qui ne l'aurait jamais épousée si elle ne s'était pas retrouvée enceinte, songea-t-elle douloureusement en se passant une main dans les cheveux. Même aujourd'hui, elle avait du mal à comprendre comment deux êtres si opposés avaient pu devenir amants, ce qui avait provoqué un terrible scandale au siège social du groupe Barberi à Mayfair, où Nicole était femme de ménage et dont Rocco était le P-DG.

Si elle était femme de ménage, ce n'était pas un choix personnel. Elle venait d'être admise dans une des écoles d'art les plus prestigieuses de Londres quand sa mère adoptive avait été frappée par un cancer foudroyant. Tout aussi angoissée que dévouée, Nicole avait soigné celle qui l'avait gentiment recueillie et élevée. Durant son enfance solitaire, elle n'avait connu qu'une succession de familles d'accueil avant d'être sauvée quand Peggy Watson avait surgi dans sa vie. Elle ne pouvait imaginer de vivre sans elle, mais Peggy était morte et, avec elle, Nicole avait senti mourir une part d'elle-même.

Le chagrin lui avait à peine laissé la force de tenir un pinceau. Ignorant les prières de ses professeurs, elle avait renoncé à l'école d'art. Elle s'était sentie soudain vieillie, sans rien de commun avec les étudiants aux tenues extravagantes et aux œuvres grotesques. Comment feindre l'insouciance alors qu'elle se sentait plombée par le deuil ? Tout ce qu'elle voulait, c'était un travail suffisamment bien payé pour survivre sans y penser, et ainsi s'était-elle retrouvée en train de nettoyer le bureau de Rocco Barberi. Elle s'était dit que c'était provisoire, le temps de regagner un peu de confiance et de faire quelques économies, jusqu'à ce qu'elle se sente prête à reprendre des études d'art. Jusqu'au jour où elle avait croisé le milliardaire sicilien qui contre toute attente allait devenir son mari.

Elle savait qui il était parce qu'il avait la réputation de rester travailler très tard dans son bureau. Comme tout le monde, elle reconnaissait que c'était le plus bel homme qu'elle ait jamais vu, mais elle l'avait toujours regardé comme on regarde une vedette de série télévisée qui peut vous faire fantasmer, mais reste totalement hors d'atteinte. Jusqu'au soir où il lui était littéralement rentré dedans alors qu'elle avançait dans un couloir, son seau et sa serpillière à la main. Le seau métallique avait heurté la cheville du nabab et Nicole avait vu avec horreur l'eau savonneuse tremper le pantalon impeccable et les chaussures cousues main.

— Mon Dieu… Je suis désolée, avait-elle balbutié, transpercée par le regard le plus bleu qu'elle ait jamais croisé. Je… je ne regardais pas où j'allais.

— Moi non plus. *Non importa,* avait-il répondu avec un geste négligent de la main. Ils vont nettoyer.

Puis il l'avait fixée, comme s'il la connaissait, ou comme s'il n'arrivait pas à croire ce qu'il voyait. Et Nicole avait eu exactement la même impression. Elle avait beau être vierge et naïve, elle s'était sentie incapable de résister à l'attirance qui les foudroyait tous les deux. Elle était vêtue d'un uniforme bleu qui écrasait ses seins et ses cheveux étaient attachés par un ruban vert, de la couleur de ses yeux. En face d'elle se dressait un homme qui avait un pouvoir et une condition à mille lieues au-dessus des siens, mais c'était sans importance, elle avait l'impression de le connaître, comme s'ils s'étaient déjà rencontrés dans une autre vie peut-être…

Par la suite, en réfléchissant, elle s'était dit qu'elle s'était montrée vraiment stupide. En fait, si cet homme l'avait séduite, c'était parce qu'il était le modèle dont rêvait tous les peintres, et lui-même avait dû éprouver quelque chose du même ordre. Leur attirance était purement physique. Ou plutôt chimique. Une bizarrerie de la nature qui aurait dû s'arrêter là. Sauf que cela n'avait pas été le cas.

Le lendemain, elle s'était sentie à la fois confuse et terriblement vivante, comme si on venait de l'arracher à un profond sommeil. Elle avait peint une petite carte postale — c'était la première fois qu'elle tenait un pinceau depuis la mort de Peggy — qui le représentait debout au milieu d'une flaque d'eau savonneuse sur laquelle flottait un baquet vide. Au dos de la carte, un seul mot : « Désolée. »

Peut-être se sentait-il seul ce jour-là, car, contrairement à ses principes, il lui avait dit qu'il avait adoré sa carte et lui avait proposé de prendre un verre avec lui. Et peut-être avait-elle simplement espéré goûter un moment de détente après les deux années noires qui avaient suivi la mort de Peggy. De toute façon, ils n'avaient pas touché à leurs verres ni contemplé la vue exceptionnelle qu'offrait ce bar à la mode. Il l'avait invitée à dîner, elle avait accepté, et elle avait passé la plus merveilleuse soirée de sa vie. Mais il ne l'avait pas touchée, même si elle en avait désespérément envie.

Une semaine après, ils avaient de nouveau dîné ensemble et il lui avait demandé si elle connaissait le *London Eye*. Non, bien sûr, et dans la grande roue qui tournait avec une vue magnifique sur les monuments de Londres, Nicole avait compris qu'elle était follement amoureuse de son milliardaire. Assez follement pour se retrouver un peu plus tard chez lui, où Rocco avait découvert sa virginité avec un grondement rauque de désir et d'incrédulité.

Apparemment, en Sicile, ce n'était pas rien de coucher

avec une vierge, et Rocco s'était d'abord emporté contre elle avant de la serrer contre sa poitrine, puis de lui baiser longuement les seins. Cela avait duré des jours. Des moments de bonheur volés… Jamais elle n'oublierait la fois où il l'avait prise sur son bureau. Comment le sexe pouvait-il être aussi addictif ? Cette question, Rocco avait prétendu qu'il se la posait souvent, lui aussi.

Puis quelque chose avait changé. Il s'était mis à lui offrir des dessous de plus en plus osés et à exiger qu'elle les porte. Même si elle était prête à se soumettre à ses désirs, dans son for intérieur, elle demeurait méfiante. Peut-être son instinct l'avait-il avertie que les exigences de Rocco se faisaient d'autant plus scandaleuses qu'il paraissait prendre de la distance vis-à-vis d'elle. Avait-il déjà décidé de mettre fin à leur liaison et, en lui imposant ces dessous provocants, ne cherchait-il pas à souligner le handicap social de Nicole par rapport à lui ? Elle était sur le point de lui avouer qu'elle se sentait réduite à la condition de femme-objet quand elle s'était aperçue qu'elle avait un retard dans son cycle, et la tension de ses seins lui avait révélé ce que le test n'avait pas tardé à confirmer : elle était enceinte de Rocco Barberi.

Lorsqu'elle le lui avait annoncé, il n'avait pas réagi aussi bien qu'elle l'avait secrètement espéré dans son désir de compenser ses propres débuts sur les marches enneigées d'un hôpital. Elle aurait aimé pouvoir lui communiquer l'information de façon très neutre, mais il avait prétendu qu'il attendait un appel et préférait différer leur rendez-vous. Puis il avait mentionné qu'il s'apprêtait à partir aux États-Unis la semaine suivante et qu'il risquait d'être absent un certain temps.

C'est à ce moment-là qu'elle avait tout révélé, dans son bureau du dernier étage, à côté du seau et de la serpillière auxquels elle n'avait pas encore touché.

— Rocco, je suis enceinte.

Jamais elle n'oublierait l'expression de son visage quand

il avait levé la tête de son ordinateur. Un bref frémissement suivi d'un repli prudent.

— Tu en es certaine ?

— Oui.

— Et il est…

Il n'était pas allé plus loin, mais Nicole avait senti son cœur se glacer.

— De toi ? avait-elle conclu, au bord de la nausée. C'est bien la question que tu allais me poser ?

— Mais non, avait-il répondu en détournant la tête.

Elle ne l'avait pas cru et s'était mise à pleurer. À cet instant, il lui avait demandé sur le ton de la plaisanterie si, par hasard, elle n'aurait pas volontairement saboté un préservatif pour le piéger. Mais en voyant ses yeux rougis et son air tragique, il avait dû avoir des remords et il s'était dirigé vers elle. Lorsqu'il l'avait prise dans ses bras et lui avait dit que, bien sûr, ils allaient se marier, elle avait oublié ses insinuations honteuses. Il allait s'occuper d'elle, ce qui n'était pas rien pour une femme qui avait été abandonnée quand elle était bébé. Évidemment, elle s'était crue amoureuse de lui, même si les préparatifs de leur mariage avaient été plutôt laborieux, comme s'il se sentait forcé de l'épouser alors qu'il n'en avait jamais eu l'intention.

Si elle avait eu davantage d'indépendance et de qualifications, peut-être n'aurait-elle pas réagi de cette façon. Peut-être aurait-elle choisi d'élever seule cet enfant en lui autorisant un simple droit de visite. Mais non. Même si elle avait penché pour le statut de mère célibataire, Rocco n'y aurait jamais consenti. Elle portait son enfant, donc, elle lui appartenait, elle aussi. Et cela n'était pas étranger au fait qu'il soit sicilien d'abord, et un Barberi de surcroît.

Leur union mal assortie avait suscité l'intérêt de l'Europe entière, mais elle s'était sentie dégradée par tous ces articles où elle était traitée de Cendrillon, ce qui ne présageait rien de bon pour leur union. De toute façon, son corps s'était révélé incapable de mener à terme cette grossesse.

Elle avait perdu l'enfant, perdu Rocco et tout était parti à vau-l'eau. Elle sentit les larmes lui monter aux yeux et les essuya rageusement d'un revers de main.

*Inutile de rabâcher tout ça.*

La voiture s'engagea dans une ruelle étroite et escarpée avant de s'arrêter au sommet d'une colline devant une maison au crépi rose qui dominait le port de Monaco. Elle fut surprise que Rocco ait choisi cette maison de ville, lui qui avait grandi aux milieux des vignes et des oliviers de sa belle campagne sicilienne.

La porte s'ouvrit. Ce ne fut pas Rocco qui l'accueillit, mais une personne vêtue d'un élégant uniforme noir et blanc, et Nicole comprit alors pourquoi tant de bourgeoises choisissaient de se déguiser en femmes de chambre françaises lorsqu'elles voulaient avoir l'air sexy.

— Bienvenue, *signora.* Je m'appelle Véronique et je suis l'intendante. L'assistante de M. Barberi, Michèle, vous attend en haut dans son bureau. Je vais vous y conduire.

Un peu perdue dans l'immensité du hall, Nicole se retourna vers la voiture qu'on apercevait par la porte toujours ouverte.

— Mais ma valise…

— Ne vous inquiétez pas. Le chauffeur la déposera dans votre chambre. Si vous voulez bien me suivre…

Au bout d'un long couloir tapissé de marbre étincelant, elles atteignirent une pièce immense meublée d'un bureau gigantesque et ornée de pendules indiquant l'heure de diverses capitales du monde entier. Une grande blonde les y attendait, vêtue d'une robe rose et chaussée d'escarpins assortis. Nicole se demanda combien de beautés entouraient Rocco et jusqu'où allait leur complaisance envers lui.

Mais cela ne la regardait pas, se dit-elle en ravalant la pointe de jalousie qui la taraudait. S'il avait envie de coucher avec toute son équipe, grand bien lui fasse.

La blonde s'avança pour lui tendre la main.

— Bonjour, madame Barberi. Je suis Michèle, l'assistante de Rocco, et je suis heureuse de vous accueillir à Monaco.

— Appelez-moi Nicole, je vous en prie.

— Nicole, je crains qu'il ne soit très pris, répondit en souriant Michèle avec un petit haussement d'épaules qui suggérait qu'elle n'était pas étrangère à cette situation. Son dernier rendez-vous a duré plus longtemps que prévu et, en ce moment même, il est en conférence. Il m'a demandé de vous prévenir qu'il viendrait dès que possible et de vous faire visiter les lieux.

Ne sachant pas si Michèle était au courant de la comédie de leur réconciliation, Nicole se força à paraître intéressée.

— J'en serai ravie.

— Nous pouvons commencer tout de suite, si vous le voulez bien.

Nicole accompagna l'assistante aux formes galbées dans la maison la plus luxueuse qu'elle ait jamais vue. Les pièces de réception aux plafonds élevés étaient meublées de façon très moderne, contrairement à la maison natale sicilienne de Rocco. Pas de bois sombre ni de meubles hérités d'ancêtres dont les visages graves apparaissaient sur des photos sépia dans des cadres d'argent. Tout paraissait neuf et… étincelant. Elle sourit en pensant que ce décor n'avait pas d'histoire. Un peu comme elle…

Elle s'attarda dans la bibliothèque, jeta un œil sur la salle de gym et regarda avec intérêt l'immense piscine qui donnait sur la Méditerranée en espérant qu'elle n'avait pas oublié son maillot. Il y avait six chambres, dont la plus grande était visiblement celle de Rocco, et le cœur de Nicole se mit à battre plus fort quand elle aperçut sa valise, trônant en plein centre.

— Voici la chambre de maître. Je crois que vous y trouverez tout ce dont vous pouvez avoir besoin, mais, s'il vous manque quoi que ce soit, dites-le-moi. Le gala de bienfaisance ne commence pas avant 20 heures et vous avez donc du temps devant vous pour vous acclimater. Voulez-vous que je vous laisse défaire vos bagages et suspendre vos vêtements ? demanda Michèle en jetant un coup d'œil à la petite valise fatiguée de Nicole avant de désigner les immenses placards qui bordaient la chambre. Vous trouverez de la place pour ranger vos affaires. Mais peut-être préférez-vous boire d'abord quelque chose ?

Nicole n'avait aucune envie de ranger ses affaires à côté de celles de Rocco, mais elle ne voulait pas embarrasser son assistante. Pas question non plus de dormir dans cette chambre — cela risquait de la déstabiliser pour des tas de raisons. La présence de Rocco y était trop prégnante. D'abord, cette odeur si suggestive, mélange de santal et de bergamote. Et ce roman policier en cours de lecture, ouvert sur la table de nuit, sans doute à la même page depuis ses dernières vacances. Une paire de boutons de manchette en or et lapis-lazuli posés sur la coiffeuse. Elle sentit son cœur se serrer en découvrant cette intimité et fut prise de vertige sous le coup de l'émotion.

— Oui, je serais contente de boire quelque chose.

— Dans ce cas, je vais vous faire apporter une boisson sur la terrasse. Celle-ci vous plaira, j'en suis certaine, répondit Michèle avec un large sourire. J'ai gardé le plus beau pour la fin.

Dès que Nicole eut posé le pied sur la terrasse, elle constata que Michèle n'avait pas exagéré. Ravalant un sifflement admiratif, elle se pencha pour contempler cette vue réservée exclusivement aux nantis, et désira immédiatement en reproduire les couleurs en céramique. Une mer d'azur étincelait sous un ciel à peine plus pâle. Ces différentes nuances de bleu, unies aux verts et aux gris des collines environnantes, feraient merveille sur une série de vases. C'était surprenant, tellement luxueux que cela en devenait presque irréel. Mais ne s'était-elle pas toujours sentie déplacée dans le monde de riches qu'elle avait quitté ?

— Voulez-vous de l'eau ou du thé ? s'enquit Michèle. À moins que vous ne préfériez du champagne.

— Non, merci. De l'eau, s'il vous plaît.

Après le départ de l'assistante, Nicole se pencha pour regarder de nouveau, mais, cette fois, sans parvenir à se concentrer sur la vue. Elle pensait à l'enfant qu'elle avait été, démunie et rejetée de famille en famille jusqu'à ce que Peggy Watson la recueille. Une orpheline qui n'aurait jamais imaginé se tenir un jour en pareil lieu pour tirer un trait définitif sur son mariage. Malgré tout, elle ne pouvait s'empêcher de souffrir à l'idée qu'elle était responsable de cet échec. Mais qu'aurait-elle pu faire de plus pour sauver cette union mal assortie ? La douleur qu'elle avait ressentie l'avait éloignée de Rocco. Aujourd'hui, elle se comporterait sans doute différemment.

— C'est beau, n'est-ce pas ?

En entendant cette voix de velours, Nicole tourna la tête, le cœur battant la chamade. Rocco s'avançait vers elle, un verre à la main, ses cheveux bruns étincelants dans le soleil.

— Très beau, dit-elle, le souffle court.

— À droite, le cap Ferrat et, de l'autre côté, l'Italie, dit-il en lui tendant le verre. Michèle m'a dit que tu voulais boire quelque chose.

Le cœur de Nicole s'accéléra encore et, soudain, tous ses sens se mirent en éveil parce qu'il était trop près pour qu'elle garde son calme. Comme si son corps était programmé pour réagir sans qu'elle puisse le contrôler, en dépit de ses efforts. Durant un instant, elle eut envie de lui sauter au cou, de se blottir contre ce torse si solide, envie de ses caresses qui la faisaient frissonner de désir…

Jusqu'à ce qu'elle s'oblige à se rappeler que c'était Rocco, un homme dépourvu de cœur et pour qui elle ne comptait pas. Un homme qui méprisait ses sentiments et qui ne l'accueillait ici que pour servir ses ambitions professionnelles. Avec un sourire crispé, elle saisit le verre de cristal et avala une gorgée d'eau.

— Merci.

— De rien, répondit-il d'un air moqueur. Tu te sens déjà chez toi ?

— Pas vraiment. Cette maison trop grande me rappelle les bâtiments officiels de Londres. Si ton affaire ne marche pas, tu pourras toujours installer un guichet à l'entrée et la faire visiter par des groupes de touristes.

— Tu ne manques pas d'idées.

— J'ai l'esprit d'entreprise, Rocco, et à force de tenir boutique, depuis un an, j'ai appris comment on montait une petite affaire.

Rocco sourit, un peu à regret. Il avait oublié que leur différence d'éducation donnait à Nicole un regard critique et irrévérencieux sur le monde où il vivait, et que, d'ailleurs, il adorait ça. Elle était toujours aussi fraîche et vibrante, sans le moindre artifice. Comparée au charme compassé des femmes qu'il fréquentait, sa beauté naturelle était plus éclatante encore, et le raidissement soudain qu'il éprouva au bas de son ventre vint lui rappeler que son corps l'appréciait, lui aussi, tout autant que son esprit.

— Michèle t'a fait visiter la maison ?

— Oui, mais tu aurais quand même pu venir m'accueillir toi-même à l'aéroport.

— Tu as été déçue de ne pas m'y voir ?

— Déçue est un bien grand mot, répondit-elle en haussant les épaules. Mais j'imaginais qu'après tout le cinéma que tu as mis en œuvre pour m'attirer ici, tu aurais pu faire cet effort. Si tu tiens à jouer les époux éplorés, ignorer mon arrivée n'est pas le meilleur signal.

— J'avais projeté de venir t'attendre, mais j'étais tellement accablé de travail que je n'ai pas pu.

— C'est ce que j'ai cru comprendre.

Soudain, la chevelure brune de Nicole se mit à briller sous le soleil et Rocco eut envie d'y plonger les doigts, comme il le faisait naguère.

— Que dire ? Je devais recevoir un appel urgent.

— Et ça ne t'est pas venu à l'esprit de le différer ? demanda-t-elle froidement. Plutôt que de me refiler à ton assistante qui ne savait pas trop quoi faire de moi ? De toute façon, avec toi, tout est toujours urgent, Rocco. Le travail passe avant tout le reste.

— Tu t'imagines qu'une multinationale comme Barberi se gère en levant le petit doigt ?

— Non. Mais pour toi, le travail est à la fois une drogue et un substitut.

— Un substitut à quoi ?

— Tu dois le savoir. Depuis quand n'as-tu pas pris de vacances ?

— Tu sais bien que j'ai horreur de ça. De toute façon, qu'une personne ou une autre te fasse visiter les lieux, je ne vois pas ce que ça change pour toi.

C'était bien là le problème, songea Nicole. Il ne voyait pas ce que cela pouvait changer. Il n'avait toujours pas compris qu'il traitait les gens comme des accessoires dont il pouvait se débarrasser quand cela lui chantait. Mais personne ne lui avait encore révélé un certain nombre de vérités trop longtemps restées dans l'ombre. Peut-être se comportait-elle comme une mégère, mais il y avait des choses qu'elle n'avait jamais osé lui dire quand ils étaient ensemble, et, maintenant, elle n'avait plus rien à perdre.

— En tout cas, je me suis sentie très embarrassée quand ton assistante a eu l'air de supposer, à tort évidemment, que nous partagerions le même lit.

— Elle n'a pas commis d'erreur, *tesoro*. Nous sommes censés donner à notre mariage une seconde chance, donc nous devons naturellement partager la même chambre.

— Tu te trompes, Rocco. Et tu sais bien que tout ceci n'est qu'une comédie.

Une comédie, se répéta Rocco en son for intérieur. Même si, en cet instant, il la désirait tellement, en dépit de son jean et de ses bijoux de pacotille, qu'il n'arrivait pas à se concentrer sur quoi que ce soit d'autre. Elle avait plus d'assurance qu'avant, et la détermination surprenante de cette femme, naguère si timide et si passive, la rendait plus attirante encore. Il pensa aux femmes qu'il avait connues avant son mariage. Des femmes distinguées et élégantes, qui n'arboraient pas de créoles d'argent mais de délicats diamants.

Pourtant, c'était Nicole qui le mettait dans tous ses états, encore aujourd'hui, il devait bien le reconnaître. C'était elle qui lui faisait battre le cœur, comme s'il avait seize ans. Il se sentit soudain submergé par une vague de désir qui emportait tout sur son passage. Il se souvint de la façon dont le corps de Nicole se convulsait autour de son sexe dans l'orgasme et son érection se fit plus douloureuse encore.

Il respira à fond pour se contrôler, comme il l'avait toujours fait depuis l'âge de quatorze ans, quand il avait dû devenir adulte d'un jour à l'autre, mais il n'y parvint pas. Y pensait-elle, elle aussi — l'attirance qu'ils éprouvaient était presque palpable dans l'air ambiant ? Il la fixa droit dans les yeux, conscient de toutes les possibilités qui s'ouvraient à lui.

— C'est peut-être une comédie, murmura-t-il, mais nous devons la jouer de façon très convaincante, tu ne crois pas ?

— Pas au point de partager une chambre. Et avant que tu ne prétendes que tes employés le remarqueraient, je préfère te dire que ça m'est bien égal. Je suppose qu'ils te sont tous plus loyaux les uns que les autres, puisque c'est la première qualité que tu exiges des gens qui t'entourent.

— Et toi, Nicole, t'es-tu montrée loyale envers moi ?

La question la prit au dépourvu.

— Oui. Totalement, et davantage que tu ne le penses, répondit-elle avec un petit rire. Sans doute n'as-tu pas eu connaissance des propositions qu'on m'a faites pour que je raconte mon histoire quand notre mariage s'est brisé.

Il la contempla d'un regard inquisiteur.

— Quel genre de propositions ?

— Celles que tu peux imaginer. Beaucoup d'argent. Tous les journalistes se demandaient pourquoi l'ex-épouse d'un Barberi menait une vie aussi minable alors qu'elle avait été mariée à l'un des hommes les plus riches de la planète.

Pourquoi je travaillais dans une petite boutique d'artisanat miteuse au lieu de vivre dans un appartement luxueux en faisant chauffer ta carte de crédit. Je ne vois pas pourquoi tu as l'air si surpris, Rocco, tu devais quand même bien te douter de l'intérêt que susciterait cette histoire. N'est-ce pas exactement ce qui plaît aux lecteurs des journaux ? Le mariage de conte de fées qui part à vau-l'eau.

— Mais tu ne leur as rien dit ?

— Bien sûr que non.

Comment pouvait-il seulement lui poser cette question ? La douleur déchirante qu'elle avait éprouvée en perdant leur bébé avait fait place à une sorte d'engourdissement à l'idée que leur mariage était terminé — ils s'étaient tellement éloignés qu'ils n'avaient plus rien en commun. Elle s'était transformée en une sorte de zombie prêt à tout accepter et les jours avaient passé sans qu'elle réalise ce qui lui arrivait, sachant uniquement qu'elle devait prendre un nouveau départ. Elle s'était convaincue que la Sicile n'avait été qu'un interlude bizarre et qu'elle devait revenir en Angleterre, ce qui n'avait pas été facile. Tel un frêle esquif jeté sur une mer en furie, elle ignorait quelle direction donner à sa vie. D'une minute à l'autre, elle était passée de femme de ménage à épouse de milliardaire. D'une minute à l'autre, de femme enceinte à… rien du tout. Il n'existe pas de terme pour désigner une mère qui a perdu son enfant. Pour souhaiter revivre cette souffrance et ce bouleversement et les voir imprimés dans un journal, il aurait fallu qu'elle soit folle.

— Comment as-tu pu imaginer que je parlerais à un journaliste ? demanda-t-elle.

Rocco haussa les épaules et sa bouche se crispa.

— En général, les gens ne résistent pas à une compensation financière.

— Mais je ne suis pas « les gens », Rocco ! Quand comprendras-tu enfin que l'argent ne m'intéresse pas ? Ce n'est pas ce qui m'a attirée vers toi. Ce que tu n'as jamais eu ne peut pas te manquer.

Il continuait à l'étudier du même air inquisiteur.

— C'est pour ça que tu es partie sans rien emporter ?

Nicole hésita. Peut-être, pour lui, leur histoire se résumait-elle à cela. Pour Rocco, chaque être avait son prix. Il lui avait parlé des femmes qui convoitaient la fortune des Barberi et des gens qui tentaient de s'incruster quand ils découvraient qui il était. Jamais il ne faisait confiance à personne ni ne laissait quiconque pénétrer dans son intimité. Il s'imaginait toujours que les autres avaient une arrière-pensée, ce qui lui donnait une excellente raison de les tenir à distance. Elle se demanda jusqu'à quel point elle oserait se montrer honnête, mais, au fond, n'était-ce pas une perte de temps, à ce stade de leur relation, de vouloir lui faire entendre raison ? Ce n'était plus elle qu'il avait en vue.

— Si je n'ai rien emporté, c'est que je ne voulais garder aucun lien avec toi. J'aurais préféré ne jamais te revoir, déclara-t-elle sur un ton très calme.

Rocco se raidit. Comment osait-elle se montrer si méprisante ? C'était une insulte à son honneur, mais cela allait même plus loin. Au plus profond de lui-même, il aurait désiré la châtier pour son mépris et son rejet. Mais inutile de se battre, il avait d'autres moyens d'évacuer sa frustration et de lui montrer l'erreur qu'elle commettait. Des moyens auxquels il n'avait cessé de penser depuis qu'il avait pénétré dans sa petite boutique en Cornouailles et l'avait vue se mordre la lèvre jusqu'au sang ou presque. Presque malgré lui, il fit un pas de plus vers elle.

— Donc, tu aurais préféré ne plus jamais me revoir. Hélas, tu te retrouves ici, tout près de moi.

Elle soutint son regard d'un air de défi.

— Mais si j'en ai envie, je peux très bien partir. Ou tu me donnes une chambre à moi, ou je m'en vais. Tu ne m'intéresses plus, Rocco, si c'est ce que tu espérais.

— Ce qui signifie que tu ne veux plus faire l'amour avec moi ?

— Exactement.

Il s'avança vers elle et la prit dans ses bras. Les yeux verts de Nicole s'élargirent encore et ses courbes sensuelles s'adaptèrent instantanément à ses doigts.

— Je suis tout disposé à m'en assurer, ma petite femme rebelle, murmura-t-il en se penchant vers elle.

# 4.

Après tout ce qu'elle venait de lui dire, Nicole préféra l'arrêter avant qu'il ne l'embrasse. Mais, soudain, elle fut elle aussi submergée d'un désir si impérieux que la raison et la fierté perdirent toute importance. Tandis que le visage de Rocco se penchait au-dessus du sien, il lui sembla voir le présent et le passé se rejoindre et elle oublia tout, sauf cette faim dévorante qui avait envahi tout son corps. Mais son Sicilien de mari n'avait-il pas toujours su l'envoûter d'un regard ou d'un geste ? Et depuis leur séparation, durant la nuit, dans un demi-sommeil, il lui arrivait souvent de rêver que ses lèvres se posaient sur les siennes encore une dernière fois. Et c'était précisément ce qui était en train de se produire.

Une dernière fois.

La bouche de Rocco prit doucement possession de la sienne. Instantanément, elle se sentit soumise à une attirance sexuelle irrésistible. Elle gémit de plaisir. Cela faisait si longtemps… Elle avait oublié le goût de ses baisers. Quand un mariage battait de l'aile, on arrêtait de s'embrasser et de se toucher, et une barrière de glace s'élevait soudain entre les époux.

Depuis qu'ils ne vivaient plus ensemble, elle était restée de marbre. Comme si son corps de chair et de sang était un rêve à demi oublié. Lentement mais sûrement, elle avait réussi à se convaincre que sa sensualité était morte à jamais. Mais un simple baiser de Rocco avait suffi à la réveiller. Comme dans un conte de fées.

Oui, elle le désirait, contre sa propre volonté.

Ses lèvres s'ouvrirent et elle sentit la langue de Rocco se glisser dans sa bouche, comme si cette intimité ouvrait la voie à une autre. Lorsqu'elle sentit ses mains sur elle, tout son corps frémit d'impatience, comme la première fois. Ses paumes se posèrent sur ses seins dont elles explorèrent les contours jusqu'à ce que leurs bouts se dressent. Instinctivement, elle se lova contre lui, consumée de désir. Il se mit à gémir, la bouche toujours sur la sienne, et son baiser se fit plus intrusif encore.

— Nicole…, gémit-il d'une voix rauque.

Jamais elle ne l'avait entendu prononcer son nom de cette façon. Elle noua les bras autour de son cou tandis qu'il collait son bassin au sien. La petite voix de la raison l'implora alors de garder le contrôle de la situation, d'en rester là avant qu'il ne soit trop tard, mais elle l'ignora. Une vague de passion emporta tout et elle se laissa aller au plaisir.

En s'écartant un instant pour reprendre son souffle, elle aperçut le visage de Rocco et son expression la bouleversa. La tension l'avait transformé en un masque figé, et ses iris saphir brillants de désir étaient presque entièrement occultés par ses prunelles dilatées. Deux taches rouges soulignaient ses pommettes, contrastant avec sa peau mate.

— Alors, *tesoro,* ça t'a manqué ? murmura-t-il sur un ton provoquant tout en lui faisant sentir à quel point il était excité.

Elle aurait dû lui dire de se montrer moins arrogant, en plus de tout ce qu'elle avait sur le cœur, mais elle n'était pas en état de fournir une réponse cohérente parce qu'il venait de poser la main sur son ventre, et, au lieu de lui dire d'arrêter, elle ne put que souffler : « Oui. »

Il poussa un petit marmonnement de satisfaction avant de glisser la main sous son chemisier et de prendre l'un de ses seins que comprimait douloureusement son soutien-gorge. La bouche de Nicole s'asséchа quand il se mit à en agacer le bout du pouce et ses paupières se fermèrent tandis qu'il s'introduisait sous la dentelle. Comment une caresse si légère pouvait-elle être aussi voluptueuse ?

— Oh ! gémit-elle faiblement tandis qu'il accentuait encore la pression de sa bouche sur la sienne.

Il poussa un petit rire et sa main s'aventura vers la ceinture du jean de Nicole. Allait-il chercher à aller plus loin ? Elle ne devait pas le lui permettre. Il fallait qu'elle mette fin à cette folie tant qu'elle avait encore la force de s'écarter. Elle entendit le bruit de la fermeture Éclair qui descendait et retint son souffle quand il glissa une main à l'intérieur du jean pour effleurer d'un doigt la peau tendre et tiède de son ventre.

— Y a-t-il autre chose que tu préférerais que je te fasse ? murmura-t-il. Si c'est le cas, dis-le-moi, parce que, même si je connais bien les femmes, je ne sais pas lire dans leurs pensées.

Cette idée excita tellement Nicole qu'elle se sentit désormais incapable de mettre fin à cette folie, malgré la colère qu'elle ressentait. Comment pouvait-il faire allusion aux femmes qu'il avait connues ? Elle l'embrassa néanmoins de plus belle et sentit qu'il glissait les doigts dans son slip, y trouvant une humidité qui trahissait son émoi. Une preuve physique que, malgré elle, elle le désirait encore. Lorsqu'il se mit à lui caresser légèrement le clitoris, elle se laissa aller, tête en arrière.

— Oh ! ma Nicole..., gémit-il tandis qu'elle frémissait sous ses savantes caresses. Comme au bon vieux temps. Chaude et humide. Il faut remédier à cet état, n'est-ce pas, *mio tesoro* ?

Elle ouvrit la bouche pour protester, mais aucun son n'en sortit. De toute façon, qu'aurait-elle pu répondre ?

*Arrête, c'est mal, cela me fait me sentir trop faible et vulnérable et je n'ai pas envie de me retrouver de nouveau dans cet état...*

Car peu lui importait en cet instant. Seules comptaient les sensations qu'il provoquait en elle et les vagues successives de volupté, si douces et si familières, qui lui donnaient une folle envie de murmurer son nom, encore et encore. Elle était sur le point de jouir quand le souvenir de ses mots moqueurs lui revint et la ramena à la réalité.

« Comme au bon vieux temps. »

Mais ce n'était pas vrai, rien n'était plus comme avant, quand elle était assez folle et naïve pour croire qu'il existait un lien entre eux, un lien qui pourrait devenir plus fort s'ils s'en donnaient la peine. Ils n'étaient plus des amants maudits, comme elle l'avait cru, ni des jeunes mariés mal assortis et incapables de communiquer entre eux. Le passé s'était enfui et, maintenant, c'était au futur qu'il fallait songer.

Dans un sursaut de volonté, elle prit Rocco par le poignet pour faire cesser sa caresse, même si tout son corps protestait. Elle avait trop souffert pour en arriver là, trop travaillé pour monter ce petit commerce et, même s'il ne représentait pas grand-chose, il n'appartenait qu'à elle. Elle commençait à se faire un nom en tant qu'artiste, comme elle l'avait toujours voulu avant que Rocco ne vienne tout dessécher en elle et tarir son inspiration. Elle parvenait à peine à se convaincre qu'un jour, elle finirait par dépasser tout cela. Était-elle vraiment disposée à renoncer à tout — y compris à préserver son amour-propre — parce que la présence de Rocco Barberi réactivait ses hormones ?

Le cœur battant follement, les joues brûlantes, elle rejeta sa main et s'écarta pour rentrer les pans de sa chemise blanche dans son pantalon avant de remonter la fermeture. Lentement, elle revint à la réalité et réalisa ce qu'il avait failli se passer sur cette splendide terrasse qui dominait le port de Monaco. Avec des jumelles assez puissantes, n'importe quel occupant d'un des yachts aurait très bien pu les observer. Et si un paparazzi avait pris une photo ? Ou si un employé de Rocco était entré pour lui faire signer des papiers ? En proie à une panique rétrospective, elle se tourna vers lui.

— Comment as-tu pu oser ?… souffla-t-elle.

— Tu n'avais vraiment pas l'air d'être contre et je

trouve ta réaction un peu tardive. Je croyais ce petit jeu réservé aux adolescentes.

— Ce n'est pas un petit jeu.

— Me laisser aller aussi loin pour finir par te dérober ? Tu ne trouves pas que c'est un comportement d'adolescente ?

— Pas dans ces circonstances. J'ai vraiment eu l'impression d'être traitée comme un objet.

— Il me semble pourtant que je te donnais du plaisir. Je ne vois pas où est le mal.

— Si c'est le cas, c'est une insulte supplémentaire. Faire l'amour avec toi n'aurait pu que compliquer une situation qui l'est déjà assez, tu le sais aussi bien que moi. Et ce n'est pas pour ça que je suis venue.

— N'empêche que tu avais envie de moi, rétorqua-t-il, les yeux rivés sur sa poitrine encore haletante. Et tu continues. Ton corps aimerait que je le caresse, tu ne peux pas le nier.

Elle se mordit la lèvre inférieure, furieuse de le voir si calme et contrôlé alors qu'elle se sentait complètement déstabilisée. Si elle niait, il pourrait à juste titre la taxer d'hypocrite. Et si elle fuyait, elle reconnaîtrait le manque de maturité qu'il lui reprochait. Un des bénéfices de l'âge était pourtant d'apprendre des coups qu'on recevait, de découvrir que tout ce qui ne vous tuait pas vous rendait plus fort, même si, à la fin, vous n'aviez plus qu'une envie, vous coucher par terre et attendre la mort.

Elle passa les mains sur ses boucles ébouriffées pour les aplatir.

— Bien sûr que j'ai envie de toi. Ou plutôt, mon corps en a envie. Tu es très séduisant, des tas de femmes ont déjà dû te le dire…

— Toi la belle première !

— Je sais. Mais j'étais jeune et je ne crois pas très utile de revenir sur le passé.

Effectivement, c'était beaucoup trop dangereux et cela risquait de nourrir les sentiments qu'elle avait tant de peine à réprimer. Des sentiments dangereux comme l'amour et l'espoir. Des sentiments toujours aussi vains.

— Nous étions sans expérience de la vie commune et, même si nous essayions de bien faire, ça n'a pas marché, reprit-elle.

Il lui jeta un regard pensif.

— Mais maintenant, pourquoi ne pas faire l'amour si nous en avons envie ?

Elle tenta de chasser le regain de désir que faisaient naître en elle ces mots si doux.

— Non, Rocco, il n'en est pas question.

— Pourquoi ?

— Tu le sais parfaitement. Parce que ce serait une erreur. Cela fait deux ans que nous sommes séparés, Rocco, et cela risquerait de retarder notre divorce.

— Ah, oui, ton précieux divorce.

— Mon passeport pour la liberté. Et aussi le tien.

Il eut un sourire moqueur.

— Au moins, tu auras répondu à une de mes questions.

— Laquelle ?

— En Angleterre, je t'ai demandé s'il y avait un autre homme dans les parages et tu as refusé de me répondre. Mais, aujourd'hui, je parierais toute ma fortune qu'il n'y en a pas.

— Je croyais que lire dans les pensées n'était pas ton fort.

— C'est vrai. Mais je n'en ai pas eu besoin. C'était écrit sur ton visage.

— Explique-toi, répondit-elle tout en sachant parfaitement qu'elle aurait mieux fait de partir.

— Tu étais très excitée, bien plus que si tu faisais régulièrement l'amour. Et pourtant tu as réussi à te contrôler, au bord de la jouissance. Quelle volonté de fer... J'admire beaucoup cette qualité chez toi, même si j'ai fini par en faire les frais.

Ces mots la touchèrent au vif, parce que c'était un compliment. Mais ne cherchait-il pas à lui faire plaisir pour mieux la manœuvrer ensuite ? Elle se demanda combien de femmes s'étaient tenues là, les vêtements en désordre, le cœur battant très fort, attendant impatiemment que le beau milliardaire sicilien les pousse vers son lit. Eh bien, elle, elle était bien décidée à ne pas faire partie du lot.

— Restons-en là, déclara-t-elle. Et maintenant, j'aimerais avoir une chambre à moi parce que notre réconciliation n'est qu'une comédie. Pas de chambre commune ni de pelotage.

En la voyant redresser les épaules, Rocco comprit qu'elle était sérieuse et une pointe d'inquiétude vint s'ajouter à sa frustration grandissante. Un seul de ses baisers aurait suffi à dompter n'importe quelle autre femme, un baiser auquel elle aurait été incapable de se dérober parce que, quand Rocco Barberi voulait quelque chose ou quelqu'un, il l'obtenait toujours. Mais la détermination qu'il lisait sur le visage de sa femme semblait inébranlable et il réalisa soudain qu'il ne connaissait pas cette nouvelle Nicole.

Quand il avait débarqué en Angleterre, le sexe était la dernière chose qu'il avait en tête. Il était venu pour la punir, et se servir d'elle, pas pour lui faire l'amour, mais il avait changé d'avis. Le baiser qu'ils avaient échangé n'avait été pour lui qu'un défi — la preuve qu'il gardait encore un pouvoir sur elle malgré sa résistance —, mais sa réaction avait redoublé son désir.

*Pourtant, elle l'avait repoussé.*

Il se dit qu'il la lui fallait, une dernière fois, et que rien ne pourrait l'arrêter. Mais il allait devoir se donner du mal. Peut-être ferait-il mieux de s'éloigner pour qu'elle prenne conscience de ce qu'elle ratait au lieu de la pousser à céder. Combien de temps réussirait-elle encore à maîtriser son désir avant de retomber dans ses bras ?

Il acquiesça donc avec un sourire glacial.

— Puisque tu y tiens tant… Prends la chambre qui te convient, tu n'as que l'embarras du choix, dit-il, heureux de voir le trouble qui emplissait son regard d'émeraude. Et n'oublie pas de te préparer pour la projection et le dîner de ce soir. La voiture passera te chercher à 20 heures. Je suppose que tu as apporté une tenue parfaitement inadaptée, ajouta-t-il avec une lueur d'amusement dans le regard.

— Tu redoutes sans doute d'avoir honte de mon accoutrement ?

— Je n'en ai aucune idée. Je t'ai déjà proposé de t'offrir des vêtements convenables, mais tu as refusé.

— Parce qu'on a déjà essayé, et que ça n'a pas marché. Rappelle-toi, tu étais si pressé de me transformer en épouse Barberi que j'ai eu l'impression d'être habillée en poupée.

— Je souhaitais simplement que tu te sentes plus à l'aise.

— En engageant ce styliste hors de prix qui voulait m'affubler de robes toutes raides qui ne m'allaient pas ? Ou ce coiffeur à la mode qui m'a si bien coupé les cheveux que je ressemblais à un lion à moitié tondu ?

— Je reconnais que c'était une erreur.

Elle lui jeta un regard incertain, surprise par cette concession qui aurait presque pu passer pour une excuse, et l'ombre de vulnérabilité qui envahit son visage le toucha au plus profond de lui-même, lui rappelant ce qui en elle l'avait ému, dès le premier soir. Enfin, cela, et son corps de rêve.

— Ce soir, je m'habillerai et je me coifferai comme j'en ai envie. Et si tu as peur que je te fasse honte, Rocco, tu as tort.

— Je ne saisis pas.

— Si ma tenue n'est pas adaptée aux circonstances, on comprendra mieux pourquoi notre tentative de réconciliation a échoué. Si, en nous voyant, on se dit « la carpe et le lapin », on se demandera même pourquoi on s'est mariés, dit-elle en le défiant du regard. Les opposés s'attirent parfois, mais ensuite ils finissent vite par se repousser. Tu le sais aussi bien que moi.

Puis elle tourna les talons et quitta la terrasse en ondulant légèrement des hanches, ce qui mit Rocco dans un état second.

Il resta seul, déstabilisé par les derniers mots qu'elle avait prononcés. Se sentaient-ils vraiment mieux loin l'un de l'autre ? Pas en ce moment, en tout cas. Il porta à ses lèvres son doigt encore imprégné de l'odeur du sexe de Nicole. Normalement, à cette heure, elle aurait dû se trouver dans son lit, ouvrant avidement les cuisses pour qu'ils puissent ensuite sombrer dans un bienheureux oubli, et non pas le laisser ainsi, en proie à une douloureuse frustration.

Il fixa la mer sans la voir. Quand son assistante lui avait annoncé l'arrivée de Nicole, il avait éprouvé une satisfaction primitive qui l'avait surpris. Jamais auparavant aucune femme ne l'avait quitté et, deux ans plus tôt, ce n'est qu'en découvrant le billet posé sur le lit défait qu'il avait compris.

*Ne cherche pas à me suivre ni à reprendre contact avec moi. Cela vaut mieux pour nous deux, Rocco. Désolée.*

Terminé en quelques mots. Il n'avait rien vu venir, et le choc avait été rude. Jusque-là, il avait toujours réussi à tout maîtriser — ce qui n'avait rien de surprenant, compte tenu de sa propre histoire. Il se rappelait le bruit du papier froissé quand il avait refermé le poing sur le billet et la façon dont il avait foncé vers le bar du village le plus proche pour se soûler à mort, ce qui ne lui était jamais arrivé encore, à la stupéfaction des villageois. Il se rappelait le bruit de son poing sur le comptoir, les voix alarmées des vieux. Quelqu'un avait dû appeler à la rescousse, car son plus vieil ami Salvatore n'avait pas tardé à arriver pour le ramener chez lui en lui disant que les femmes étaient capricieuses et qu'elle allait revenir bientôt.

Mais elle n'était pas revenue et Rocco s'était convaincu qu'il n'avait pas envie qu'elle le fasse. Il n'avait plus rien à faire d'une femme qui l'avait abandonné à la première difficulté. Pourtant, en dépit du comportement de Nicole, il avait conservé le sens du devoir et cela n'avait fait que renforcer son obstination. Il n'aimait pas l'échec, et un mariage raté entrait dans cette catégorie. Il lui avait donc écrit pour lui rappeler leur engagement solennel à l'église et lui suggérer de renouer.

Elle n'avait pas même daigné répondre, et Rocco s'était juré de résister aux demandes d'argent qui certainement n'allaient pas tarder à suivre, anticipant la bataille à venir, une bataille juridique qu'il était certain de gagner, bien déterminé à la mettre à genoux. Si elle voulait son argent, elle allait devoir batailler pour le lui prendre.

Mais… *niente*. Rien. Pas de demande de pension. Récemment, elle lui avait seulement réclamé par l'intermédiaire de son avocat de mettre fin à leur mariage. D'une certaine façon, cela avait encore redoublé sa rage.

Il se déshabilla et pénétra sous la douche, mais l'eau glacée ne suffit pas à détendre son corps douloureux tandis qu'il revoyait Nicole, sur la terrasse, ses lèvres roses entrouvertes sous l'effet du plaisir, au bord de l'orgasme, tandis qu'il pénétrait des doigts sa chair brûlante.

Tout en se séchant, il résolut de la posséder sur-le-champ. Seul le sexe réussirait à le débarrasser définitivement de ce souvenir importun. Plus question d'attendre.

# 5.

— Comment me trouves-tu ? Ma tenue confirme-t-elle tes pires craintes ou ai-je réussi l'examen ?

Volontairement, en pénétrant dans le vaste salon où Rocco l'attendait, dos tourné, face à la fenêtre, Nicole choisit de prendre un ton léger. Pas question de se faire des reproches ou de rougir de honte en se rappelant qu'elle avait failli succomber à ses caresses. Même si elle avait eu tort de croire qu'elle en avait fini avec lui. Même s'il avait fait fondre le mur de glace qu'elle avait élevé autour d'elle pour se protéger de son propre désir. Elle avait quitté la terrasse, le cœur battant comme un fou, et s'était trouvé une chambre, tout heureuse d'échapper à une promiscuité perturbante. Elle y était restée longtemps, allongée sur le lit, le corps tremblant de frustration, incapable de penser à rien d'autre.

Elle aurait voulu pouvoir s'immuniser contre lui. Contre cette puissante silhouette qui se détachait devant la fenêtre, dans la lumière étincelante du soleil méditerranéen. En l'entendant, il se retourna, et elle eut beau s'en défendre, en voyant l'expression de son visage, elle ne put s'empêcher d'éprouver une grande satisfaction. Cette expression, elle la lui avait déjà vue, mais quand elle était nue. Or, ce soir, elle était moulée dans une longue robe de jersey noir, ajustée comme une seconde peau. Des escarpins noirs et un sac assorti sur lequel elle avait cousu des sequins verts brillants complétaient cette tenue, ainsi qu'un collier vert et des berceuses qu'on apercevait au gré des mouvements de sa chevelure.

Le regard de Rocco s'attarda sur elle.

— Tu as attaqué une banque ? demanda-t-il.

— Pas du tout. J'ai acheté cette robe au marché.

— Je ne parlais pas de la robe, mais de tes bijoux.

Petite victoire… Nicole ne put dissimuler un sourire triomphant.

— Ils sont faux, Rocco. De la pacotille, mais, aujourd'hui, qui peut faire la différence ? Et si je les perds, peu importe, pas comme le gros diamant tombé du bracelet que tu m'avais offert le jour de notre mariage, et qui a mis toute la maison en panique.

Elle se mit à bafouiller car il persistait à la fixer, tel un lion se pourléchant devant le quartier de viande qu'il s'apprête à dévorer. Pire encore, elle ne pouvait s'empêcher d'adorer cela, et elle aurait aimé qu'il continue à la regarder avec cet air-là toute la journée.

— Remarque qu'on a récupéré l'argent de l'assurance du bracelet, bredouilla-t-elle, et je…

— C'est pour ça que tu n'as emporté aucun des bijoux que je t'avais offerts ? Ils ne te plaisaient pas ?

— C'étaient des actifs conjoints, et tant que tels, je n'avais pas à les emporter. D'ailleurs, je voulais…

— Oui, que désirais-tu, Nicole ?

Jusque-là, jamais il n'avait paru s'en préoccuper.

— Une rupture nette et définitive, comme on dit.

— Nette et définitive, répéta-t-il avec un sourire amer. Évidemment. Un mariage moderne, jetable. Comme s'il ne s'était rien passé.

Elle ouvrit la bouche pour lui demander ce qu'il avait fait, lui, pour le sauver, mais une douleur soudaine arrêta les mots au bord de ses lèvres. Peu importait les erreurs de chacun, de toute façon, ils s'y étaient si mal pris que seules subsistaient les déchirures.

— À quoi bon ressasser tout ça, Rocco ? déclara-t-elle d'une voix calme. Il faut que ce soir nous apparaissions comme un couple heureux de revivre ensemble et, si nous nous bagarrons, nous ne convaincrons personne. Quand les gens viennent de se disputer, ça se sent. Dis-moi plutôt de quel genre de soirée il s'agit pour que je puisse m'adapter.

Il resta un moment silencieux, comme s'il refusait de se laisser apaiser par cette nouvelle Nicole, pleine d'assurance et si séduisante qu'il ne rêvait que de la serrer dans ses bras malgré sa robe bon marché et ses bijoux en toc. Mais peut-être avait-elle raison ? À quoi bon se bagarrer alors qu'ils avaient toute une soirée à passer ensemble, à l'issue de laquelle il avait bien l'intention de la séduire ? Une fois qu'il serait en elle, son corps superbe lui ferait oublier sa colère et ses rancœurs. Rien ne compterait plus que le plaisir qu'il y prendrait et celui qu'il lui donnerait.

*Et elle y repenserait toute sa vie durant.*

— Certains des actionnaires les plus importants du groupe pharmaceutique que je cherche à acheter sont en ville, dit-il enfin pour changer de sujet. Ils ont financé un film d'auteur qui a l'air de remporter un vrai succès commercial.

— Ils investissent à la fois dans le cinéma et dans l'industrie pharmaceutique ?

Il s'approcha du miroir qui surplombait la cheminée de marbre sculpté pour rajuster sa cravate.

— Pourquoi pas ? Ils préfèrent diversifier leurs investissements. C'est comme ça qu'on réalise le plus de profit.

— Mais je ne vois pas quel rôle je joue dans tout ça.

Il la fixa d'un regard impénétrable.

— Tu vas m'accompagner à la projection et, ensuite, nous dînerons avec les vedettes du film qui sont là pour assurer la promotion. Je ne te demande rien d'autre, *tesoro,* que de me couver d'un regard adorateur. Comme une jeune femme pressée de récupérer son mari. C'est dans tes cordes ?

Se serait-il montré aussi ironique s'il avait su la vérité ? Malgré son calme apparent, tous les sens de Nicole étaient en émoi et elle se sentait fondre chaque fois que le regard de Rocco se posait sur elle. Ses ongles se crispèrent sur les sequins de sa pochette. S'il le découvrait, il recommencerait à la toucher, et le pire, le plus dangereux, c'était qu'elle en mourait d'envie. La prochaine fois, elle n'aurait pas la force de lui résister.

— Je me sens capable de faire semblant de t'adorer durant quelques heures, mais il faudra que ça se termine avant les douze coups de minuit, répondit-elle froidement. Donne-moi encore cinq minutes, que j'aille chercher mon étole.

Au moment où elle s'asseyait dans la voiture, à côté de Rocco, Nicole fut de nouveau envahie par un sentiment d'irréalité. Elle eut beau tenter d'engager la conversation, elle avait l'impression qu'il lisait en elle et qu'il sentait tout le mal qu'elle avait à ne pas tendre la main pour lui caresser les cheveux ou la cuisse. Mais pouvait-il vraiment se douter qu'elle souhaitait le voir appuyer sur le bouton qui commandait la vitre qui les séparait du chauffeur, l'allonger sur la banquette et lui ôter sa culotte ? En imaginant sa langue qui explorait sa chair brûlante, elle sentit des gouttes de sueur perler sur son front et fut soulagée quand ils arrivèrent enfin.

La salle de projection était un lieu très branché et elle s'étonna de voir Rocco si détendu, lui qui, naguère, n'aurait jamais pénétré dans ce genre d'endroit sans une moue d'ironie. Des flashs crépitèrent autour d'eux et, quand ils s'engagèrent sur le tapis rouge, il posa la main au creux de sa taille pour la guider. Elle frissonna en dépit de la tiédeur de la nuit.

La projection commença, et Nicole n'apprécia pas vraiment le film qui paraissait pourtant plaire à tous les autres spectateurs. Elle n'avait jamais particulièrement aimé le noir et blanc, mais, surtout, elle était distraite par ce qui se déroulait dans la salle : l'actrice principale, assise de l'autre côté de Rocco, passait son temps à lui chuchoter à l'oreille. Nicole repensa à ce qu'elle avait dit concernant ses bijoux de pacotille, tout en glissant un œil vers la rivière de diamants qu'arborait Anna Rivers. Auprès d'elle se tenait son garde du corps, prêt à intervenir. Par ailleurs, elle détestait voir cette superbe actrice flirter avec son mari.

Ils dînèrent ensuite au Café de Monaco, un restaurant étoilé qui dominait le port, mais Nicole ne profita pas vraiment de la gastronomie : elle n'avait aucun appétit et la coupe de champagne qu'elle avait bue en début de soirée lui avait donné très soif. Pourtant, elle était bien décidée à honorer sa part du contrat et fit de son mieux pour bavarder avec les différents actionnaires présents, les traitant comme des clients potentiels de sa petite boutique de Cornouailles. Enfin, elle ne s'offensa pas qu'ils aient l'air si surpris d'apprendre qui elle était, tout comme l'actrice qui resta bouche bée en l'entendant discuter.

— Vous êtes l'épouse de Rocco ? s'enquit-elle. Mais j'ignorais qu'il était marié.

— Eh bien, maintenant, vous le savez, répondit Nicole avec une certaine satisfaction.

Du coup, Anna Rivers, sans plus chercher à monopoliser le superbe milliardaire, se tourna vers le premier rôle masculin.

Dans sa petite robe noire, Nicole s'efforçait de sourire amicalement à tous ceux qui s'approchaient d'elle. Un ex-joueur de polo argentin, Javier Estrada, fit mine de s'intéresser à elle et lui jeta des œillades qui la laissèrent de glace. En fin de soirée, elle découvrit qu'Annelise, l'épouse de Marcel Dupois, le très conservateur actionnaire dont lui avait parlé Rocco, était une passionnée de céramique. Elles étaient en pleine conversation quand elle s'aperçut que Rocco lui jetait un regard interrogateur.

« Tu dois avoir l'air de l'adorer », se rappela-t-elle en le contemplant avec ferveur. Leurs yeux se croisèrent. Il soutint son regard et, durant quelques merveilleuses secondes, la comédie parut presque réelle à Nicole. Mais son cœur se serra douloureusement. Comment pouvait-elle à la fois désirer cet homme et le haïr ? Souhaiter sa présence et avoir envie de fuir ? Elle se tourna vers les lumières brillantes du port, essayant d'absorber ce qui ne serait bientôt plus qu'un éphémère souvenir.

— Nicole ?

Elle tressaillit en entendant la voix de Rocco et se souvint de la façon dont il avait murmuré son nom tout en défaisant la fermeture de son pantalon, sur la terrasse, une scène dont elle n'avait oublié aucun détail. Elle se tourna vers lui en se forçant à sourire et à conserver son calme.

— Bonsoir, Rocco.

— Bonsoir, répondit-il en lui jetant un regard narquois.

— Tout se passe bien ?

— Si l'on veut. Mais je commence à en avoir un peu assez de faire la fête. Si nous rentrions ?

Nicole faillit protester en disant qu'elle s'amusait bien et qu'elle avait envie de rester, mais c'était uniquement pour retarder l'inévitable. Elle se sentait soudain terriblement nerveuse, mais ce n'était pas parce qu'elle avait envie de lui qu'il allait se passer quelque chose, n'est-ce pas ? Une femme pouvait désirer un homme sans pour autant se jeter sur lui, et elle n'allait sûrement pas anéantir tous les efforts qu'elle avait faits depuis deux ans en retombant dans les bras d'un homme qui risquait de ruiner définitivement sa vie.

— Pourquoi pas ? répliqua-t-elle en mettant sa pochette sous son bras.

Dans la limousine, Rocco sembla se concentrer en silence sur le spectacle des boutiques de luxe de la principauté, comme s'il ne les avait encore jamais vues. Nicole fit de même de son côté, admirant les vues sur le port au fur et à mesure que la voiture remontait la route escarpée. Heureusement qu'il n'avait pas cherché à engager la conversation, mais le silence aussi était déstabilisant. Parler l'aurait au moins distraite de la tension qu'elle sentait monter dans son corps — des fourmillements dans les seins, et cette chaleur au creux de son ventre qui lui donnait l'impression d'être victime de son propre désir.

Enfin, du moment qu'elle ne se tortillait pas sur son siège en le suppliant de l'embrasser…

— Ce soir, tu t'en es très bien sortie, dit-il quand la voiture les déposa enfin devant la maison. J'ai pu constater qu'Annelise et toi, vous discutiez comme deux vieilles amies. Elle avait l'air de te trouver très sympathique.

— Merci.

— C'était aussi le cas de notre ami argentin. Tu vas pouvoir l'inscrire dans ton fan-club.

— Personnellement, j'ai eu l'impression qu'Anna Rivers était très déçue d'apprendre que j'étais ta femme.

Les yeux de Rocco brillaient dans la pénombre, à l'instar de ceux d'un prédateur dans la jungle dissimulé par un épais feuillage.

— Nous avons donc découvert que nous plaisons tous deux au sexe opposé…

— En ce qui te concerne, ce n'est pas vraiment une découverte, Rocco.

— Et que nous sommes peut-être un peu exclusifs.

— Parle pour toi.

— Peut-être. Mais tu ne peux pas nier ton irritation quand Anna s'est mise à me parler à l'oreille. Ça se lisait sur ton visage.

Était-elle vraiment si transparente ?

— Et toi, tu n'as rien fait pour l'arrêter, comme si tu adorais la sensation de son souffle chaud sur ta joue et la façon hystérique dont elle riait chaque fois que tu ouvrais la bouche.

— En fait, ce qui m'intéressait, c'était ta réaction.

— Je jouais mon rôle, Rocco, voilà tout. Celui de l'épouse qui veut se réconcilier et qui se doit d'être jalouse en pareille circonstance. Rien de plus.

Elle posa la main sur la poignée et le chauffeur se précipita pour lui ouvrir la portière. En sentant l'air tiède de la Méditerranée sur sa peau moite, elle se dit qu'elle devait se ressaisir et se demanda pourquoi elle se montrait si possessive vis-à-vis d'un homme qui la supportait mal. Il fallait absolument que cela cesse.

Véronique devait avoir quartier libre car Rocco déverrouilla lui-même la porte. En l'absence des domestiques, la maison parut plus familière à Nicole. Sauf que c'était sans doute encore un effet de son imagination délirante, se dit-elle.

— Je suis épuisée. Je vais me coucher. Bonne nuit, Rocco.

— Bonne nuit, Nicole.

Il ne chercha pas à l'arrêter, comme elle l'aurait cru. Son corps était dans un tel état de désir qu'en ouvrant la porte de la chambre qu'elle avait choisie, aussi loin que possible de celle de Rocco, elle fut presque déçue.

Elle s'empressa de la refermer derrière elle, ôta sa robe de jersey noir et laissa tomber ses bijoux en tas sur une table de verre. Puis elle enveloppa ses cheveux dans une charlotte de plastique et alla sous la douche. Sauf qu'en savonnant ses seins aux pointes encore dressées d'excitation, elle ne put s'empêcher d'imaginer que les doigts hâlés de Rocco se glissaient entre ses cuisses, ce qui ne lui permit pas de se détendre comme elle l'aurait voulu. En fait, quand elle ferma le robinet, elle était encore plus troublée que dans la limousine.

Elle se sécha et passa un peigne dans ses cheveux, mais elle était trop énervée pour pouvoir dormir, d'autant que la lune éclairait toute la pièce d'une lumière argentée. Nicole enfila un grand T-shirt et une culotte avant de sortir sur la terrasse, les pieds nus sur les tommettes fraîches. Au-dessus d'elle, le ciel sombre était piqueté d'étoiles scintillantes. Les coudes appuyés à la rambarde de fer forgé, elle contempla longuement la pleine lune et la sombre lueur de la mer, à l'horizon.

Elle avait été folle d'accepter de venir ici.

Certainement.

Après ces retrouvailles, elle allait avoir du mal à oublier Rocco. Rien à voir avec cette belle maison, ses voitures ou le yacht amarré dans le port auquel il avait fait allusion. C'était de se retrouver de nouveau en sa compagnie. Elle avait oublié à quel point il était séduisant, et le pouvoir magnétique qu'il exerçait sur les autres, en particulier sur elle. Elle l'avait oublié parce que c'était ce qu'elle avait de mieux à faire, et qu'il lui fallait aller de l'avant. Mais maintenant, elle souffrait et se sentait plongée en pleine confusion. Ce soir, il ne l'avait pas embrassée — il ne l'avait pas même touchée — et, pourtant, c'était comme si un feu couvait en elle. Une rafale de vent souleva les boucles sur sa nuque et elle soupira en pensant qu'elle ne parviendrait pas à s'endormir. Mais personne n'était jamais mort de manque de sommeil… Elle allait rester là et contempler le reflet de la lune sur l'eau jusqu'à ce que ses paupières se ferment.

En entendant le bruit de la porte qui s'ouvrait, elle ne se retourna pas. À quoi bon ? Personne d'autre que lui ne serait entré sans frapper dans la chambre. Personne d'autre n'aurait osé. De toute façon, elle aurait reconnu le bruit de son pas au milieu de cent autres. Était-elle à ce point sensible à sa présence qu'elle le sentait, tel un animal sauvage repérant son futur partenaire dans la nature ? Était-ce pour cette raison que ses seins commençaient à la picoter et qu'elle aurait voulu crier pour qu'il les caresse ?

En le voyant traverser la pièce, elle sentit les battements de son cœur s'accélérer.

*Dis-lui de partir.*

*Supplie-le de rester.*

— Nicole ?

Sa voix de velours, si envoûtante, dans l'air tiède. Elle frissonna en l'entendant pénétrer sur la terrasse, derrière elle.

— Oui ?

— Retourne-toi.

Elle voulut résister, mais à quoi bon ? De lui-même, son corps se tournait déjà vers lui en réponse à cet ordre, et, curieusement, elle n'en ressentit pas du regret mais du soulagement. Oui, du soulagement, car comment ne pas préférer cette excitation au vide qui l'habitait depuis la fin de leur mariage ? Comme c'était bon de se sentir enfin de nouveau vivante !

— Que veux-tu, Rocco ?

— Tu le sais parfaitement, répondit-il avec son sourire de prédateur. Ce que je veux, c'est toi.

Elle aussi, elle ne désirait rien d'autre. Qu'il fasse disparaître cette terrible souffrance et l'arrache au puits de solitude où elle végétait, mais elle prenait un risque, un grand risque, elle le savait. Et si faire l'amour accroissait encore le désir qu'elle ressentait au lieu de l'anéantir ? Elle frémit sous son regard, consciente qu'elle allait prendre ce risque parce qu'elle ne pouvait supporter de rejeter Rocco. Une seule nuit encore. Une nuit pour être à jamais quitte de ses éternels démons. Mais il lui faudrait rester sur ses gardes et bannir tout sentiment importun. Rocco avait envie de sexe et elle d'autre chose de plus profond, comme toutes les femmes. Un amour qu'il n'était absolument pas prêt à lui donner.

Debout sous un rayon argenté de lune, elle se demanda si son visage trahissait le tendre piège du désir où elle était prise. Rocco ne portait qu'un simple jean dont le bouton du haut était défait, dévoilant son torse puissant et sa toison brune, et moulant son sexe renflé. Un sourire arrogant aux lèvres, il anticipait déjà ostensiblement sa victoire. Nicole se dit que si elle se rendait, elle devait le faire à ses propres conditions.

Il ne fallait pas qu'elle oublie qu'ils étaient égaux. Il n'était plus son patron et, bientôt, il ne serait plus son mari. Une relation physique, rien de plus. Une relation d'adultes qui se terminerait sans souffrance et les laisserait pleinement satisfaits. Elle s'efforça de chasser toute émotion de sa voix, mais ne put en maîtriser le léger tremblement.

— Et alors ? se contenta-t-elle de souffler.

— Alors, tu connais déjà la réponse, dit-il, le regard brillant dans le clair de lune avant d'ajouter d'une voix tranquille : Déshabille-toi.

# 6.

La froideur contrôlée de la voix de Rocco faillit détruire l'émoi sensuel que ressentait Nicole et elle le fixa d'un air réticent. Pouvait-il s'imaginer qu'elle était restée la vierge complaisante qu'il avait séduite, prête à se plier à ses moindres désirs ?

En relevant le menton, elle soutint son regard froid et calculateur.

— Qu'est-ce que tu as dit ?

— Tu m'as très bien entendu, répondit-il en souriant.

— Répète, Rocco.

— Je t'ai demandé de te déshabiller, dit-il après un silence.

— Tu as envie d'une séance de strip-tease ?

— Si tu veux, dit-il en haussant les épaules.

— Eh bien, moi, je ne veux pas. Plus jamais. J'ai changé, Rocco. Pas toi ?

Ses yeux brillèrent, mais il ne répondit pas directement à la question.

— Dans ce cas, pourquoi ne me dis-tu pas ce dont toi, tu as envie ?

Malgré tout ce qu'elle savait et tout ce qu'elle avait appris, Nicole aurait voulu l'impossible. Qu'il lui dise quelque chose de romantique, qu'elle lui avait manqué, et que, depuis qu'elle était partie, sa vie n'était plus la même. Des mots tendres qui auraient idéalisé ce qui allait se passer, même s'il n'y croyait pas. Pour qu'elle puisse se persuader qu'il tenait à elle, comme par le passé. Mais cela n'aurait servi à rien, car les adultes n'ont pas besoin de paroles hypocrites. Ils acceptent la réalité telle qu'elle est. C'était de sexe qu'il s'agissait, sexe d'adieu ou sexe de rupture, quel que soit le nom qu'on veuille lui donner. Un dernier aperçu du corps superbe de Rocco Barberi et elle ferait mieux d'en profiter.

Elle passa les doigts dans ses boucles encore humides et sentit ses seins se durcir sous son T-shirt. Il gardait les yeux braqués sur elle, comme hypnotisé, et elle éprouva brièvement une impression de puissance en découvrant dans ce regard le trouble du désir.

— C'est toi qui vas me déshabiller, dit-elle d'une voix rauque. Et aussi lentement que possible. Je veux mettre ta patience à l'épreuve, jusqu'à ce que nous soyons si excités tous les deux que nous ne puissions plus attendre une seule seconde. Voilà ce dont j'ai envie, Rocco.

— Depuis quand nourris-tu ce genre de fantasmes ? s'enquit-il en lui jetant un regard suspicieux. Tu as rencontré un autre homme ?

— Tu me crois donc totalement dépourvue d'imagination ? Et incapable de formuler mes propres désirs à moins qu'un homme ne me les souffle ? Merci de me rappeler jusqu'où va ton arrogance, Rocco, et de me faire comprendre que j'ai eu une très mauvaise idée.

Elle voulut rentrer dans sa chambre, mais, quand elle passa à côté de lui, la chevelure soulevée par la brise, il la prit à bras-le-corps et la plaqua contre lui. Elle sentit ses seins s'écraser sur son torse dénudé et perçut les battements sourds de son propre cœur à travers son T-shirt.

— Je ne crois pas que tu aies vraiment envie de partir, Nicole. Tu cherches seulement à me provoquer et tu veux que j'en fasse autant, dit-il en lui caressant le visage du bout du doigt avant de s'arrêter sur le pouls qui battait à la base de son cou. Est-ce que je me trompe ?

Elle voulut se dégager pour mieux le braver, mais s'en révéla incapable : il était trop près d'elle.

— Toujours les mêmes vieux clichés ! Eh bien, figure-toi que je ne vais pas me déshabiller simplement sur un claquement de doigts. Je ne veux plus de ces petits jeux-là. Si tu espères me voir toute nue, tu devras me déshabiller toi-même.

— Vraiment ? répondit-il en souriant.

Elle acquiesça d'un signe, mais ne put répondre car la main de Rocco était descendue sur sa poitrine et elle regrettait que son T-shirt soit si ample. Pourquoi avait-elle choisi un vêtement si peu flatteur ? Comme s'il lisait dans ses pensées, il passa la main sous le tissu et elle sentit ses doigts se poser sur sa peau nue. Instantanément, tous ses nerfs semblèrent s'électriser à ce contact.

— Alors, tu veux que j'aille très lentement ? s'enquit-il sur le ton de la conversation en prenant un de ses seins dans sa paume et en le caressant du pouce. Je me demande combien de temps je vais mettre à t'ôter ce ravissant petit haut.

— Oh ! souffla Nicole en sentant chanceler ses genoux.

— Pourrais-tu te montrer plus claire ? Je n'ai pas compris ce « Oh ».

— Je ne..., murmura-t-elle, les yeux clos. J'avais oublié...

— Un petit trou de mémoire, *tesoro* ? Je me demande à quoi c'est dû.

Nicole ne put rien répondre car, en ce même instant, le pouce de Rocco lui agaçait le bout du sein et sa peau frémissait sous l'effet de vagues successives de plaisir. Après avoir tracé une série de petits cercles autour du mamelon durci, il passa à l'autre sein, et elle sentit s'accroître encore sa frustration. Frissonnant sous ses caresses, elle se demanda pourquoi elle avait exigé qu'il aille lentement alors que son désir était déjà si intense qu'une tiède humidité sourdait entre ses cuisses. Elle aurait aimé s'allonger, mais Rocco ne bougeait pas et, pour éviter que ses jambes ne vacillent, il allait falloir qu'elle s'appuie sur ses épaules. Ce qu'elle fit, ce qui lui arracha un petit rire, et il enfouit la bouche au creux de son cou avant de le caresser du bout de la langue.

— Rocco..., souffla-t-elle.

— Oui ?

— Enlève-moi mon T-shirt.

— Je croyais que je devais prendre mon temps. Pour apprendre la patience… Ce sont tes propres mots. Eh bien, *tesoro,* je n'en suis qu'aux prémices et je vais te montrer jusqu'où va ma constance.

Une promesse, mais aussi une menace, et une démonstration prétentieuse de sa capacité à se contrôler. Lorsqu'il lui caressa le ventre du plat de la main, tout en évitant l'endroit où elle avait le plus envie d'être touchée, elle ferma les yeux et se mordit la lèvre. Comment avait-elle pu vouloir différer le moment où il entrerait enfin en elle ? Elle gémit tandis qu'il passait le doigt le long de sa culotte, espérant qu'il allait le glisser à l'intérieur pour sentir combien elle avait envie de lui, mais il s'abstint. Elle avait voulu contrôler ce qui se passait et imposer son rythme, mais elle n'avait fait que renforcer le pouvoir qu'il gardait sur elle.

Elle glissa une main entre eux et descendit la fermeture du jean de Rocco. Il gémit quand elle caressa de la paume son sexe raidi.

— Je croyais que tu avais dit…, souffla-t-il.

— J'ai changé d'avis, c'est une prérogative féminine. Tu l'ignorais encore ?

Du pouce et de l'index, elle se mit à caresser son érection, mais, avec un petit rire, il lui prit fermement le poignet pour l'arrêter.

— Je ne vois pas ce qu'il y a de drôle ! marmonna-t-elle.

— Toi. Je ne te savais pas si… changeante, mais ça me plaît.

Nicole sentit son cœur se serrer. Évidemment, il n'avait jamais su de quoi elle était capable parce qu'il ne s'en était jamais soucié. Pour lui, elle ne serait jamais qu'une femme de ménage boudinée dans un uniforme trop petit, avec son seau et sa serpillière, la dernière femme avec laquelle il aurait songé à se marier.

Mais à quoi bon y repenser maintenant ? Mieux valait

se concentrer sur son propre plaisir et profiter de chaque seconde. Et ensuite, adieu.

— Je suis ravie que ça te plaise, mais n'en prends pas l'habitude.

— L'habitude de quoi ?

— Du sexe. Cet épisode ne se reproduira pas.

— Vraiment ?

Il eut l'air de reprendre ses esprits et la fixa d'un air de défi en lui enlevant prestement son T-shirt avant de la soulever dans ses bras et de la transporter sur le lit.

— Dans ce cas, reprit-il, mieux vaut ne pas perdre de temps à bavarder et passer aux affaires sérieuses.

— Toujours ta vieille obsession des affaires !

Il se mit à rire et Nicole, qui n'était plus vêtue que d'une culotte de dentelle noire, le vit fouiller dans la poche de son jean avant de s'en débarrasser et de la rejoindre. Soudain, il s'installa au-dessus d'elle, les genoux contre ses hanches.

— Alors, vite ou lentement ? Avec ou sans lumière ? De quoi as-tu envie ?

Elle faillit lui dire de cesser d'être désinvolte, mais comprit que ce serait une perte de temps. Car il avait raison. À quoi bon bavarder quand elle avait tellement envie de lui qu'il lui semblait que son cœur bondissait hors de sa poitrine ? Pourquoi chercher à marquer des points qui ne signifiaient rien ?

— Fais-moi l'amour, murmura-t-elle.

Le visage de Rocco se crispa. Il écarta les cheveux qui lui tombaient sur le visage et, un instant, elle crut qu'il allait l'embrasser. Mais non. Il commença à la caresser comme pour se familiariser de nouveau avec son corps frémissant. Il passa les doigts sous les bords de sa culotte et elle crut qu'il allait la lui enlever, comme il en avait eu l'habitude, mais il ne le fit pas et lui passa sur les genoux une main qui tremblait un peu. Elle posa avidement les lèvres sur la chair soyeuse de son épaule et ouvrit les cuisses.

— Mmm… Comme tu réagis, murmura-t-il tandis qu'elle se cambrait contre lui. Tu n'as pas changé.

Mais Nicole n'en avait plus rien à faire. Le présent, le passé, toutes ces comparaisons ne pouvaient que raviver une douleur qu'elle avait réussi à apaiser, mais qui ne demandait qu'à se réveiller si elle n'y prenait garde. Et elle était là pour jouir, pas pour souffrir. Prendre ce qu'elle voulait et lui donner en retour ce qui l'intéressait avant de passer l'éponge et d'oublier le passé.

Elle passa sur ses tétons un doigt léger qui lui arracha un grognement étouffé et, quand elle descendit au creux de son ventre, il ferma les yeux. Son corps était toujours aussi superbe et sa peau mate ressortait magnifiquement sur la blancheur du drap. Une prodigieuse fête des sens. Elle pouvait le goûter, le sentir, le humer aussi — un frais parfum de bergamote auquel se mêlait une fragrance virile qu'elle inhalait avec avidité.

Comme elle respirait plus fort, il se pencha sur sa poitrine qu'il se mit à explorer du bout de la langue tandis qu'elle se tortillait impatiemment. Ses dents s'attardèrent sur ses tétons dressés et il glissa la main entre ses cuisses. En sentant son doigt s'enfoncer dans la moiteur de sa chair, Nicole ne put retenir un cri. Elle réalisait à quel point tout cela lui avait manqué. Ses reins s'embrasèrent et elle se rappela qu'elle avait presque joui dans ses bras, l'autre jour, sur la terrasse.

— Non, murmura-t-elle en ouvrant les yeux.

— Non ? répéta-t-il, l'air incrédule. Tu as changé d'avis ?

Dans les moments d'intense plaisir, son accent se faisait toujours plus perceptible.

— Je veux dire, pas comme ça…

Il comprit et attrapa le préservatif qu'il avait sorti de la poche de son jean. À la lueur du clair de lune, elle vit le désir assombrir son visage et l'observa tandis qu'il défaisait l'emballage, puis enfilait la protection sur son sexe dressé. Jadis, il lui avait appris à le faire et à transformer cette obligation en un jeu érotique auquel elle se prêtait volontiers. Une fois, il lui avait même demandé si elle n'avait pas délibérément percé d'un coup d'ongle le préservatif pour essayer de tomber enceinte. Il avait immédiatement retiré son accusation qui était néanmoins restée longtemps gravée dans la mémoire de Nicole.

Mais quand il se glissa en elle, toutes ces sombres pensées disparurent et cédèrent la place à un sentiment de complétude si fort qu'elle en eut le souffle coupé. Comme le plaisir prenait vite le pas sur la souffrance, songea-t-elle. On pouvait se sentir si désespérée qu'on savait à peine encore qui on était et, l'instant d'après, on oubliait qu'on avait demandé le divorce, on redevenait l'ensorcelée qui avait offert de si bon cœur sa virginité.

— Rocco…, balbutia-t-elle.

Il ne répondit pas, trop occupé à faire ce qu'il savait qu'elle adorait : il l'aida à nouer ses cuisses frémissantes autour de ses hanches pour lui offrir un meilleur angle et la prit par les fesses pour l'attirer à lui et la pénétrer au plus profond. Même si elle savait que c'était pour lui purement physique, Nicole fut submergée par ses sensations et, de poussée en poussée, elle se laissa aller à cette douceur familière qu'elle aurait aimé voir durer toute la nuit, mais son excitation était trop forte pour qu'elle puisse se dominer encore.

— Je jouis, murmura-t-elle.

— Je le sais, *tesoro,* dit-il d'une voix rauque.

L'intimité de cette réponse balaya les dernières résistances de Nicole et elle se sentit palpiter autour de lui. Ses jambes se tendirent et son dos s'arqua. Des larmes jaillirent de ses yeux quand les mouvements de Rocco se précipitèrent. À la tension de son corps, elle comprit qu'il était près de l'orgasme et elle s'accrocha à ses épaules, heureuse de l'entendre gémir tandis qu'il éjaculait en elle.

Il y eut un long silence durant lequel il resta allongé sur elle, la tête contre son cou. Nicole aurait aimé trouver une remarque rassurante qui lui prouve qu'elle considérait cet épisode comme un jeu sexuel sans importance. Mais elle ne put que souffler « Rocco » à son oreille.

Rocco resta immobile, tentant de reprendre le contrôle

qu'il avait perdu quand il était entré en elle, déstabilisé par son contact et plus encore par la façon dont elle avait prononcé son nom. Elle semblait troublée et lui, il se sentait plus troublé encore. Tout en caressant ses cheveux bouclés, il reconnut qu'il n'aspirait à rien d'autre qu'à la sentir respirer calmement sous lui et murmurer son nom comme elle venait de le faire. Maintenant qu'il l'avait possédée, il pouvait partir et lui accorder ce divorce qu'elle voulait si désespérément, pour qu'enfin ils soient libres tous les deux.

Sauf que, justement, cela ne semblait plus aussi simple et qu'il n'avait plus aucune envie de partir. Instinctivement, sa main chercha la poitrine de Nicole et ses doigts lui agacèrent le bout du sein. Il attendait un petit murmure d'assentiment, ou un mouvement de hanches montrant qu'elle avait senti qu'il durcissait de nouveau en elle et désirait que cela recommence. Mais, au lieu de nouer les cuisses autour de son dos, elle s'échappa pour s'allonger à l'autre bout du lit, si loin qu'elle aurait pu se trouver sur une autre planète. Il tourna la tête vers son profil et vit qu'elle observait le plafond où jouait un rayon de lune.

— Alors ?

— À quoi t'attendais-tu, Rocco ? répondit-elle d'une voix qu'il ne reconnut pas. À un autre épisode de sexe sauvage ? Le deuxième round, en quelque sorte ?

— Pourquoi pas ? lança-t-il, les yeux rivés à ses tétons durcis qui ressortaient, presque noirs, sur la pâleur de sa poitrine éclairée par la lune. Cette première fois n'est qu'une mise en appétit, la vraie fête, c'est la suivante, tu n'as pas oublié, Nicole ?

Il vit sa gorge palpiter et la voix de Nicole se fit plus tranchante.

— Les circonstances ne sont plus les mêmes.

— En quoi sont-elles différentes ?

— Il est clair que nous avons adoré ça tous les deux, au sens physique du terme. Mais mieux vaut ne pas tenter le sort en recommençant.

— Et si moi, je ne suis pas de ton avis ?

— Tu n'as pas d'autre choix, Rocco.

Il y eut un silence, puis il reprit la parole, d'une voix très calme, comme si quelqu'un venait de faire une remarque au cours d'un conseil d'administration.

— Je croyais que tu t'efforçais de me rendre accommodant, dans la perspective de notre futur divorce.

Lentement, elle tourna la tête vers lui pour plonger son regard dans le sien et il la trouva plus belle que jamais, avec ses boucles sombres emmêlées et cette rougeur diffuse qui s'étendait de ses joues à sa poitrine.

— Est-ce une menace ? Veux-tu dire que si je me refuse à toi, tu t'opposeras à la demande ?

— Inutile de m'insulter, Nicole. Jamais je ne te forcerai à faire ce dont tu n'as pas envie, répondit-il en s'approchant d'elle pour poser la main sur sa cuisse, heureux de la sentir frémir à ce contact. Simplement, je trouve dommage de ne pas profiter de l'alchimie merveilleuse qui nous lie puisque nous en avons l'occasion.

Elle repoussa sa main, mais comme à regret.

— Tu parles de la fameuse alchimie qui nous a déjà causé tant d'ennuis ?

— C'est vraiment ainsi que tu vois les choses ?

— Évidemment. Et c'est la vérité, Rocco, je l'ai compris depuis longtemps. Mais je n'étais qu'un nouveau corps et un nouveau visage. Une autre femme parmi la longue liste de celles que tu as séduites. La seule différence, c'est que j'étais vierge, et les autres non, ajouta-t-elle en ramenant le duvet plié au pied du lit sur sa poitrine, mais sans l'inclure dans ce geste protecteur, ce qu'il remarqua. C'est ça qui a fait la différence, Rocco. Tu devais en avoir assez des femmes expérimentées qui se jetaient à ta tête. C'est bien ça, n'est-ce pas ?

— La première nuit avec toi m'a bouleversé, Nicole.

— Parce que tu avais rompu mon hymen, je suppose ? Un acte définitif sur lequel tu étais incapable de revenir.

Il frémit de l'entendre parler de cette voix inconnue, si dure.

— Tu es devenue très cynique.

Nicole frissonna en dépit de l'épais duvet qui l'enveloppait et faillit lui demander à quoi d'autre il s'était attendu. Avait-il cru qu'elle l'avait quitté sans en avoir tiré de leçon ? Mais si on n'apprenait rien de ses erreurs, c'était à désespérer de tout ! Elle avait compris que, pour survivre, il lui fallait observer froidement ce qui s'était passé et qu'elle ne gagnerait rien à considérer l'échec de leur mariage à l'aune de ses propres sentiments. La vierge naïve qui s'était éprise du puissant Sicilien n'était plus qu'un lointain souvenir et elle avait appris à relativiser et à ne plus s'inventer des contes de fées uniquement pour se sentir mieux. Et aucun rapport sexuel, si fantastique soit-il, avec l'homme qu'elle avait épousé ne réussirait à la faire changer d'avis.

Elle réalisa qu'il y avait un autre sujet qu'ils n'avaient pas abordé — plus important que la découverte du sexe par une fille sans expérience, mais elle se sentait incapable de l'aborder : leur bébé. Ses doigts se crispèrent sur le duvet. Pas ce soir. Peut-être jamais. À l'époque, il avait refusé d'en parler, alors, maintenant ?

Mais au fond, elle non plus, elle n'en avait jamais parlé, comprit-elle soudain. Le refus de communiquer de Rocco lui convenait tout à fait. Parce qu'elle-même, il lui était absolument impossible d'exprimer la douleur qu'elle ressentait. Et cela n'avait fait que creuser davantage ce gouffre, entre eux.

Elle reprit sa respiration, bien résolue à revenir au présent.

— Peut-être avais-je besoin d'un peu de cynisme. J'étais bien trop innocente, dans tous les sens du terme, dit-elle en s'efforçant de refouler les larmes qui lui montaient aux yeux, terrifiée à l'idée qu'il les voie. Et maintenant, il est temps que tu regagnes ton lit.

— À moins que je ne reste pour passer la nuit à te

faire l'amour. Puisque c'est ce dont nous avons envie tous les deux.

Malgré tout ce qui n'allait pas entre eux, Nicole se sentit tentée. Qui ne l'aurait pas été, face à un tel homme ? On aurait dit un lion allongé, sûr de la force de son corps qu'éclairait un rayon de lune. D'un regard, elle constata que le durcissement qu'elle avait senti au creux de son corps s'était mué en une puissante érection et elle faillit céder à cet appel, à ce côté sauvage de sa nature, à la force du désir, le prendre dans ses bras et recommencer…

Mais pareille folie aurait détruit le peu de prise qu'elle gardait encore sur la réalité. Elle était déjà bien assez affaiblie par la découverte du pouvoir profond qu'il gardait sur elle. Qu'était-il advenu de la femme qui s'estimait capable d'avoir barre sur lui ? Au fond d'elle-même, elle connaissait la réponse. Quand Rocco la prenait dans ses bras, cette femme cessait d'exister. Pourquoi se rendre plus vulnérable encore en lui cédant alors qu'ils avaient encore tout le reste du week-end à passer ensemble ?

— Je préfère m'abstenir, répondit-elle, surprise de la déception qu'elle vit s'inscrire sur ses traits. Et maintenant, je voudrais dormir. Toute seule.

Sans insister, il sortit du lit avec une grâce féline, ses fesses pâles contrastant avec ses jambes hâlées. Mais, quand il se baissa pour ramasser son jean, Nicole enfouit son visage dans l'oreiller. Elle entendit la porte se refermer doucement et comprit qu'elle était trop bouleversée pour seulement espérer dormir.

Elle s'aperçut alors que pas une seule fois il ne l'avait embrassée.

# 7.

— Que puis-je vous proposer pour le petit déjeuner, madame ?

Les paupières encore lourdes de sommeil, Nicole s'assit à la table dressée sur la terrasse, éblouie par les cristaux et l'argenterie qui resplendissaient dans la lumière du matin et consciente du parfum de jasmin et de café qui emplissait l'air tiède.

Véronique la contemplait d'un air attentif.

— Nous avons du pain et des croissants, poursuivit l'intendante. À moins que vous ne préfériez des œufs au bacon ? M. Barberi a rappelé au chef que c'est ce qu'on mange habituellement en Angleterre au petit déjeuner.

Nicole ne put s'empêcher de sourire, même si elle n'en avait guère envie, compte tenu des remords qu'elle éprouvait. Après une nuit sans repos hantée par des rêves perturbants, elle s'était réveillée dans des draps qui sentaient le sexe, le corps en fête, du moins jusqu'au moment où elle s'était rappelé pourquoi elle se sentait si bien. Ou plutôt grâce à qui. Elle rougit soudain en se revoyant en train de descendre la fermeture du pantalon de Rocco et de le caresser de la façon la plus intime. En hâte, elle chaussa une paire de lunettes de soleil et prit sa tasse de café en espérant que cette nuit n'allait pas lui laisser une foule de souvenirs contradictoires — mélange insupportable de désir et d'humiliation.

Les joues brûlantes, elle se remémora avec quel plaisir elle avait accueilli dans son corps son mari, avec une urgence qui l'avait décontenancée, en proie à un désir plus puissant que jamais. Alors qu'avant de le quitter, elle s'était résignée à l'évidence, croyant qu'elle n'avait plus la moindre envie de vivre près de Rocco. Ni lui non plus, d'ailleurs. Comme s'ils se repoussaient l'un l'autre dans tous les sens du terme. Elle contempla le bouquet de roses dont les pétales frémissaient sous la brise, au centre de la table. Ce qui s'était passé la nuit dernière n'aurait jamais dû se produire, mais elle n'y pouvait plus rien. Impossible de remonter le temps et de demander à Rocco de sortir quand il était entré chez elle — sans y avoir été invité — et lui avait ordonné de se déshabiller.

Néanmoins, ces ébats lui avaient donné de l'appétit. Tout en contemplant du coin de l'œil un plat de pêches glacées, elle releva la tête pour s'adresser à l'intendante.

— Si c'est possible, je prendrai des œufs pochés avec un toast de pain complet.

— Très bien, madame.

Une fois seule, Nicole dégusta des fruits tout en admirant les yachts somptueux qui dansaient dans le port jusqu'à ce que Véronique revienne avec son petit déjeuner. Elle trempait un toast dans du jaune d'œuf quand soudain une ombre sur la table lui fit lever la tête en sursautant, et elle aperçut Rocco, fraîchement sorti de la douche, rasé de près, sa chevelure sombre bouclant dans son cou. Il portait une chemise bleu clair qui faisait ressortir ses yeux sombres et un pantalon dont la coupe mettait en valeur ses longues jambes. Oubliant son déjeuner, fascinée par cette virilité triomphante, elle sentit son pouls s'accélérer d'un coup.

— Rocco ! Je ne t'avais pas entendu arriver !

— Je me déplace en douceur, *tesoro*, c'est dans ma nature. Mais, pour réagir de cette façon, tu dois être bien nerveuse, répondit-il en s'asseyant sur la chaise placée en face d'elle.

Brusquement, Nicole perdit tout appétit et reposa son toast sur son assiette. Ces cuisses… Elle se souvenait de leur incroyable puissance tandis qu'il la pénétrait, quelques heures plus tôt. Elle prit sa serviette pour s'essuyer les lèvres.

— Ce doit être ta présence qui produit cet effet sur moi, déclara-t-elle.

Il se pencha pour se verser une tasse de café.

— Dois-je me sentir flatté ?

— Qu'en penses-tu ?

— Nicole, avec toi, je ne sais jamais où j'en suis. La nuit dernière, par exemple. Tu as soufflé le chaud puis le froid. Pour moi, tu restes une énigme.

— Venant de toi qui n'exprimes jamais le moindre sentiment, c'est vraiment un comble, lança-t-elle avec un petit rire.

— Ce n'est pas mon genre, dit-il après avoir avalé une gorgée de café. Tu le sais. Les Barberi sont tous comme ça.

Nicole repoussa son assiette. C'était bien vrai, songea-t-elle en repensant au grand-père de Rocco qui l'avait élevé ainsi que son frère et sa sœur après la mort de leurs parents dans le dramatique accident de hors-bord qui avait fait la une des journaux du monde entier. Elle se rappela son arrivée dans la demeure familiale, près de Palerme, au retour de leur lune de miel. Elle se sentait intimidée à l'idée de rencontrer, pour la deuxième fois, après le jour de leur mariage, ce patriarche, chef du clan le plus puissant de Sicile. Très vite, elle s'était rendu compte que ce vieux monsieur respecté n'exprimait pas plus que Rocco ce qu'il ressentait. Elle avait cru que la froideur de Turi venait du fait que son héritier n'avait pas épousé une Sicilienne du même milieu que lui.

Pourtant, Nicole s'était employée à surmonter tous ces obstacles et à faire bonne figure. Quoi qu'il lui en coûte, elle était déterminée à s'adapter, et à créer un véritable foyer pour son mari et leur bébé. Elle avait passé sa lune de miel, quand elle n'était pas en proie à des nausées, à tenter d'apprendre l'italien pour impressionner sa nouvelle famille, et en particulier le grand-père. Mais, en arrivant en Sicile, tout lui avait paru si nouveau, si étrange… Elle s'était sentie si étrangère, si solitaire dans cette immense maison compliquée, sans rien à faire ni personne à qui parler, car Rocco s'était plongé dans son travail et Turi ne s'exprimait qu'en dialecte. Tel grand-père, tel petit-fils, s'était-elle dit, mais peut-être aurait-elle dû s'y attendre ? Comment une femme de ménage de rien du tout aurait-elle pu faire une épouse convenable ?

Pire, Rocco l'avait accusée, elle, d'être incapable d'extérioriser ses propres sentiments, comme si c'était un défaut, alors que, de sa part à lui, il l'acceptait comme un trait naturel familial des Barberi. Sans envisager la possibilité de changer. Agissant essentiellement comme un homme de pouvoir et d'influence, ayant pour unique intérêt ses affaires qu'il traitait jusque dans leurs moindres détails. Même s'il était prêt à exhiber Nicole pour faciliter la conclusion d'un contrat, il préférait ignorer ce gouffre noir, au centre de leur mariage, et faire comme s'il n'existait pas.

*Il se comportait comme s'ils n'avaient jamais conçu un enfant ensemble.*

Le cœur de Nicole se serra. Il lui fallait savoir. C'était probablement pour cette raison que leur relation lui semblait si… *inachevée.* Sans doute était-elle à blâmer, elle aussi, de s'être enfuie au lieu d'affronter leurs problèmes. Mais maintenant, elle était de retour et sans doute faudrait-il les résoudre, pour que, l'un comme l'autre, ils puissent retrouver la paix. Était-ce ce qui lui donna le courage d'amorcer la discussion pour tenter d'obtenir les réponses qu'elle cherchait, même si cela se révélait très douloureux ?

Elle ôta ses lunettes de soleil pour le contempler.

— Très bien, dit-elle en se carrant sur sa chaise. Chacun de nous accuse l'autre de ne jamais exprimer ses sentiments…

— Je ne me souviens pas d'avoir dit ça, protesta Rocco.

— Tu prétends que je suis une énigme. Dans ce cas, pourquoi ne pas nous engager à répondre sincèrement aux questions que nous pourrions nous poser ? Sans excuses ni faux-semblants.

— Comme dans une sorte de jeu, alors ?

— Ne fais pas semblant de ne pas comprendre. Il ne s'agit pas de jouer.

Il pinça la bouche pour signifier un manque d'enthousiasme proche du mépris.

— De quoi s'agit-il alors ?

— Peux-tu juste dire oui, Rocco ? Pour une fois ? Simplement pour me faire plaisir ?

— Très bien, répondit-il avec un soupir d'impatience. Du moment que c'est toi qui poses la première question.

Une réponse évidente de sa part ! Nicole respira un grand coup avant de se mettre à parler, sans se demander s'il était bien raisonnable de commencer par cette question.

— Si tu m'as épousée, c'est parce que j'étais enceinte, n'est-ce pas ?

— Oui, répondit-il après un long silence.

Elle ressentit un grand déchirement dans la poitrine. Elle le savait pourtant, mais alors, pourquoi cela faisait-il si mal ? Parce qu'en l'entendant, elle ne pouvait plus se leurrer : leur court mariage n'avait été qu'une comédie.

Elle fut tentée d'en rester là, mais se força à poursuivre. Après tout, ils en étaient déjà plus loin qu'ils n'étaient encore jamais allés. Alors, pourquoi s'arrêter ?

— À toi, maintenant, dit-elle en espérant qu'il allait aborder le sujet qu'ils évitaient tous deux depuis si longtemps.

Il avala une gorgée de café avant de la fixer de son regard de saphir étincelant.

— Facile…, répondit-il d'une voix douce comme une caresse. As-tu aimé la nuit dernière ?

Nicole cilla avant de lui jeter un regard incrédule, incapable de comprendre comment il pouvait choisir un sujet si… *superficiel*. Le sexe ? Rien d'autre ne comptait donc pour lui ? Sans doute, au fond, car ce qui les avait rapprochés, c'était le sexe et, entre eux, il ne subsistait rien d'autre.

— Tu veux savoir si j'ai été satisfaite ? demanda-t-elle, en proie à une colère subite. Oui, évidemment. Tu es très doué pour satisfaire une femme, Rocco, mais tu n'as pas vraiment besoin que je te le dise.

Cette question, il ne l'avait posée que pour s'assurer d'augmenter son score, ou peut-être pour la dissuader d'en faire autant. Son procédé irrita profondément Nicole. Pourquoi ne l'avait-il pas interrogée sur un sujet plus important ? Mais Rocco Barberi ne s'intéressait pas aux sentiments. Il se comportait lui-même comme une machine et s'attendait à ce que chacun en fasse autant. Soudain, elle se dit qu'elle ne pouvait laisser passer pareille occasion. Elle allait enfin lui parler, même si cela le rendait furieux ou que cela ravivait sa propre douleur. Parce qu'il fallait qu'elle le lui dise.

— Pourquoi ne parles-tu jamais de notre enfant, Rocco ?

Son visage se rembrunit un instant, mais, si elle s'attendait à y lire de la douleur, de la colère, du chagrin ou du regret — l'un des sentiments qui l'avaient dévastée et menée aux confins du désespoir —, elle fut cruellement déçue. Rocco reposa sa tasse sur sa soucoupe, aussi froidement que si elle venait de lui demandait s'il pleuvait beaucoup à Monaco, son visage et son regard d'un bleu glacial plus impassibles que jamais.

— Que pourrais-je en dire ? lança-t-il d'une voix sans timbre. On ne peut rien y changer. Nous aurions tous deux préféré que ça ne se produise jamais, et puis tu es partie. Pour moi, il n'y a rien à ajouter.

Elle aurait voulu le secouer, l'insulter. L'accuser d'être sans cœur, incapable d'éprouver le moindre sentiment. Mais à quoi bon, puisqu'il n'avait jamais feint d'être différent ? Jamais Rocco Barberi n'avait été capable de lui donner ce qu'elle aurait voulu de lui. Elle s'était convaincue qu'elle pourrait gagner son amour si elle se donnait assez de mal pour cela, mais l'amour n'était pas un sport où on pouvait gagner, elle avait fini par le comprendre, et, même si c'était le cas, quand il y avait un gagnant, il y avait forcément aussi un perdant.

*Et elle n'avait aucune envie de perdre à ce jeu-là.*

Elle ne voulait plus être rivée à son passé. Elle voulait être libérée de son chagrin et de ses regrets. Libérée de lui.

Elle faillit se lever de table et annoncer à Rocco qu'elle allait rentrer en Angleterre. S'il voulait la forcer à attendre pour divorcer, tant pis pour elle. Pourtant, elle s'était déjà enfuie une fois, et où cela l'avait-il menée ? Cela lui avait laissé un sentiment d'échec en dépit de tous les succès qu'elle avait remportés depuis. Affronter la vérité — ce qu'ils n'avaient jamais fait durant leur mariage — était sans doute une forme de thérapie, même si cela faisait atrocement mal.

*Mais Rocco, lui, ne souffrait pas. Il ne trahissait rien. Pas plus aujourd'hui qu'avant, bien au contraire.*

Elle repoussa sa chaise et se leva avant de poser sa serviette sur son toast à peine entamé.

— À quoi bon essayer de te parler ? Je ne vois pas pourquoi je te faciliterais la tâche, Rocco. Nous allons passer la journée chacun de son côté et je te rejoindrai pour le cocktail. Comme ça, nous n'aurons pas à nous supporter mutuellement une seconde de plus que nécessaire. Je serai à tes côtés en public, c'est tout ce qui compte. C'était bien notre contrat, n'est-ce pas ?

Rocco haussa les épaules, conscient de l'avoir blessée, et se demanda s'il l'avait fait délibérément. Une part de lui-même se doutait qu'en répondant de façon aussi crue à sa question agaçante, il risquait de provoquer de nouveau sa fuite — et peut-être cela serait-il une solution. La situation était certainement moins compliquée quand Nicole n'était pas dans les parages, d'abord parce qu'il ne l'intimidait plus. Elle avait désormais le courage de lui poser des questions et, quand il lui avait répondu franchement, elle était restée étonnamment calme.

Durant cette pénible conversation, elle avait essayé de dissimuler ses sentiments, même si son visage avait trahi sa colère et son amertume. Du chagrin aussi, un immense chagrin. Mais sans larmes. Il se demanda si elle avait dû lutter pour conserver cette expression de curiosité polie, et fut traversé par une pointe de mauvaise conscience : ne s'était-il pas montré sans nécessité trop dur avec elle ?

— Oui, tel était bien notre contrat, répliqua-t-il. Mais nous pourrions peut-être le modifier.

— Vraiment ? répliqua-t-elle en plongeant son regard dans le sien. Qu'as-tu au juste en tête ?

Cela ne lui ressemblait pas de s'inquiéter des non-dits, mais ce fut pourtant ce qu'il fit en l'occurrence. Dans le regard vert de Nicole, il lut une expression résignée, comme s'il n'avait rien d'autre à lui offrir que du sexe. Quelques minutes plus tôt, il aurait été encore du même avis, mais, en cet instant, son ego se rebellait contre cette hypothèse, et pas seulement parce qu'il lui paraissait intolérable de passer pour un étalon. Cette conversation l'avait réellement déstabilisé, car il comprenait à quel point son ex-femme était devenue vulnérable, malgré tous ses efforts pour le dissimuler. Et une femme vulnérable était toujours dangereuse : elle risquait de mal interpréter un acte d'intimité purement physique et de lui accorder une signification qu'il n'avait pas. S'ils faisaient de nouveau l'amour maintenant, il pouvait s'attirer des ennuis.

Son regard s'attarda malgré lui sur les courbes de Nicole que mettait en valeur une robe bain de soleil blanche toute simple. Elle lui parut aussi appétissante que le jour où il l'avait rencontrée, quand elle s'était retrouvée devant lui dans son uniforme et l'avait regardé d'un air coupable après l'avoir éclaboussé d'eau savonneuse. Il se rappelait la sensation d'humidité sur ses chevilles, mais, surtout, son regard émeraude. Il fut soudain envahi par une bouffée de nostalgie qui le surprit.

Sa mâchoire se crispa.

Non, le sexe n'était pas une bonne idée. Il fallait absolument qu'ils s'éloignent de la chambre, mais il se sentait tout aussi contrarié à la pensée de laisser Nicole seule se dorer au soleil pendant qu'il irait s'enterrer dans son bureau.

— Si nous allions nous promener ? proposa-t-il.

— Nous promener ?

— Oui, faire le tour du Rocher.

— Le Rocher ?

— C'est le nom qu'on donne à Monaco. Parce que la ville a été bâtie sur un rocher.

— Je pensais passer la journée seule de mon côté.

Avec un petit rire forcé, il baissa les yeux sur les pieds de Nicole chaussés de hautes sandales compensées qui mettaient en valeur la finesse de ses chevilles.

— Tu n'as pas de chaussures plus adaptées à la marche ?

— Des baskets ?

— Oui, par exemple. Va donc les mettre.

Heureuse de pouvoir échapper à son regard insistant, elle monta l'escalier, le cœur battant très fort, et entra dans sa chambre. Elle avait remis de l'ordre dans le lit avant de descendre déjeuner, mais quelqu'un d'autre était venu changer les draps et le lit était si net qu'on ne pouvait imaginer ce qui s'y était passé la nuit précédente. Les joues en feu, elle prit ses baskets en tentant d'oublier ce moment d'égarement et de se rappeler exactement ce que Rocco venait de lui dire.

*S'il l'avait épousée, c'était uniquement parce qu'elle était enceinte.*

Elle se rappela que le médecin lui avait dit que ces fausses couches précoces étaient très banales, et qu'elle allait rentrer chez elle, auprès de son mari, puis retomber très vite enceinte. Mais comment cela aurait-il pu se produire, puisque, après cette perte, Rocco s'était totalement tenu à l'écart ? Il avait même paru soulagé d'avoir une bonne raison de ne pas reprendre de relations sexuelles. Sans doute s'était-il dit que ce qui venait d'arriver, cet événement si terrible, était la meilleure solution à long terme puisque cela le libérait d'une union qu'il n'avait jamais souhaitée.

Mais cela, elle ne le lui avait jamais vraiment demandé. Probablement parce qu'elle se sentait dépassée par son nouveau statut d'épouse de milliardaire. Et puis, elle ne savait pas comment aborder le sujet. Toutes ces années passées dans des familles d'accueil n'avaient pas été une partie de plaisir et, même si Peggy Watson l'avait aimée comme sa fille, sa mère adoptive était issue d'une lignée d'Irlandais farouches qui prenaient les problèmes à bras-le-corps sans s'étendre sur les sentiments qu'ils pouvaient éprouver.

Donc, concernant le manque de communication, sans doute était-elle tout autant à blâmer que Rocco, et c'était ce qui avait dû accélérer la fin de leur mariage forcé.

Après avoir lacé ses baskets et pris un fourre-tout en toile, elle revint sur la terrasse où Rocco l'attendait. Lorsqu'il la vit, ses yeux bleus étincelèrent.

— C'est beaucoup mieux, murmura-t-il.

Nicole leva les sourcils.

— C'est surprenant de la part d'un homme qui a un jour insisté pour que je parade nue dans son bureau juchée sur une paire de stilettos vertigineux. Que t'est-il arrivé ? Tes goûts ont complètement changé ?

— Tu n'es plus ma maîtresse, déclara-t-il d'un air impénétrable. Voilà ce qui est arrivé.

Mais la nuit précédente, elle s'était sentie comme sa maîtresse et il l'avait traitée avec le même désir effréné qu'aux premiers temps de leur liaison, avant qu'ils se marient. Encore une chose qui l'avait toujours stupéfaite et qu'elle s'était sentie incapable de lui demander dans le passé. Mais, aujourd'hui, elle n'avait plus rien à perdre.

— Ces tenues que tu voulais que je porte, lança-t-elle en le fixant droit dans les yeux, ces ensembles que tu achetais à Soho…

— C'est maintenant que tu me dis que ça ne te plaisait pas ?

— Non, ce n'est pas ce que j'allais dire, mais si je les portais, c'était pour *te* faire plaisir. Mais plus ils étaient délirants, plus tu semblais désapprobateur, même si ça avait l'air de t'exciter. Comme si tu essayais de faire de moi une femme que tu pouvais mépriser. C'est bien ce que tu cherchais, Rocco ?

Il sentit son cœur se serrer. Elle était bien plus clairvoyante qu'il ne l'avait imaginé. S'il avait été si horrifié de découvrir que sa jolie femme de ménage était vierge, c'était parce qu'il n'avait pas envie d'une innocente mais d'une maîtresse. En lui faisant adopter les pratiques sexuelles les plus extravagantes de ses anciennes maîtresses, il s'était efforcé de la rabaisser à leur niveau. Parce que, sinon, il lui aurait fallu reconnaître qu'il était tombé sous le charme de ces ébats sans complication avec une jeune femme. Et s'il l'avait reconnu, il aurait été mal à l'aise en se demandant ce qu'elle attendait de lui et s'il était bien l'homme de la situation.

Sa bouche se durcit. Après, elle était tombée enceinte et, une fois de plus, il s'était retrouvé happé par le rôle auquel il avait toute sa vie cherché à échapper.

Le rôle d'adulte responsable.

*Demande à Rocco.*

*Regarde comment Rocco s'y prend.*

Plus jamais cela.

Maintenant, il était enfin libre et il adorait cette vie.

— Peut-être aurais-je plutôt voulu que toi, tu me méprises, dit-il enfin.

Elle hésita un moment avant de secouer la tête.

— Ça m'étonnerait beaucoup.

— Malgré tout ce que je t'ai dit ?

— Disons plutôt *à cause de* tout ce que tu viens de me dire, répondit-elle avec un petit rire amer. J'ai trouvé cette discussion très… profitable.

— Je croyais que c'était un mot que tu n'aimais pas.

— Cela dépend du contexte, dit-elle en enroulant une boucle autour de son index. Comprendre ce qui fait fonctionner quelqu'un est toujours profitable. Ça me permet de mieux concevoir comment nous en sommes arrivés là.

Elle lui sourit et, inexplicablement, le cœur de Rocco se mit à battre plus vite. Un instant, il regretta de ne pas s'être tu, ce qui leur aurait permis de passer la journée au lit tout simplement.

— Si on y allait ? conclut-il abruptement.

# 8.

Assis sous une pergola, ils contemplaient la Méditerranée d'un bleu éclatant qui étincelait à leurs pieds. Le serveur venait d'enlever les reliefs d'un plateau de fruits de mer, mais il restait sur la nappe un petit morceau de coquillage, rose et luisant comme un ongle verni. Nicole se carra sur sa chaise, sachant bien qu'elle n'allait pas pouvoir scruter indéfiniment la table ou la vue superbe qui s'offrait à elle. Mais elle n'avait rien d'autre où poser le regard, sauf le visage à la beauté sauvage de Rocco.

Au fond, c'est lui qu'elle aurait aimé contempler durant toute la journée, sans jamais s'en lasser. Ces yeux brillants d'intelligence et ces lèvres qui souriaient rarement, mais ce sourire était alors comme un soleil éclatant perçant à travers un ciel lourd de nuages. Elle se demanda quelles étaient ses intentions à son égard. Essayait-il de l'enjôler en lui offrant un aperçu de la vie qu'elle aurait pu mener si elle restait sa femme, s'il l'avait réellement aimée au lieu de chercher sans cesse à lui faire du mal ?

Aujourd'hui, ils avaient joué les touristes dans sa ville d'adoption et il lui avait montré ce qui se cachait au-delà des façades aux vitrines clinquantes, dans les ruelles obscures qui semblaient recéler une foule de secrets. Ils avaient traversé les splendides jardins Saint-Martin, visité la cathédrale byzantine et s'étaient retrouvés sur la place du Palais pour assister à la relève de la garde au milieu de la foule des touristes, côte à côte, très près l'un de l'autre, mais sans jamais se toucher, tandis que le corps de Nicole frémissait de frustration.

Ils avaient fini leur périple dans ce luxueux restaurant où le maître d'hôtel avait placé devant eux deux menus de cuir et, maintenant, Rocco ne cessait plus de la dévisager de ce regard hypnotique qu'il tenait sans doute de ses lointains ancêtres grecs.

— Prendras-tu un dessert ?

— Non, merci. Et toi ?

Il la fixa d'un air pensif.

— Celui que j'aimerais ne figure pas au menu.

— De quoi s'agit-il ?

Elle écarquilla les yeux, réalisant qu'ils étaient en train de flirter.

— Oh ! Je ne sais pas. Peut-être un soufflé ou des crêpes Suzette.

Il se pencha vers elle et baissa la voix, même si personne ne se trouvait assez près d'eux pour l'entendre.

— Après ce qui s'est passé cette nuit, je m'étonne que tu puisses me poser cette question avec un visage si innocent, répondit-il. Je me demande si tu ne joues pas la comédie. Peut-être est-ce pour me forcer à reconnaître que, durant toute la matinée, la température entre nous n'a pas cessé de monter et ne semble pas près de redescendre. C'était bien ce que tu avais en tête, n'est-ce pas, Nicole ?

Elle croisa son regard, mais détourna la tête, de peur qu'il ne lise dans ses yeux la vérité qu'elle se refusait encore à admettre.

— Je ne sais pas moi-même ce que je veux, dit-elle.

— Dans ce cas, je vais peut-être décider pour nous deux, mais, en tout cas, nous devrions remettre cette discussion à plus tard et en privé, répliqua-t-il d'une voix dont la tonalité la fit frémir. Pourquoi ne pas quitter cette table et faire ce dont nous avons autant envie l'un que l'autre ?

Nicole sentit soudain l'air lui manquer.

— Tu veux dire que tu préférerais rentrer à la maison ? demanda-t-elle d'une voix rauque.

— Pas du tout. À quoi bon perdre du temps à retraverser toute la ville.

— Mais alors…

— On peut très bien prendre une chambre.

— Mais où ?

— Ici même. Ce restaurant est l'une des meilleures tables de la ville, mais il propose aussi quelques chambres, déclara-t-il avant de s'arrêter pour la regarder. Mais peut-être n'es-tu pas d'accord ?

Nicole se sentit frissonner inconfortablement sous son regard inquisiteur. Évidemment, elle en avait envie, elle aussi, et pour être franche, depuis qu'ils avaient quitté la maison, elle n'avait fait qu'y penser. Le monde lui semblait si confus que Rocco était son unique point fixe, même si elle avait passé la matinée à se concentrer sur l'architecture de la ville ou les nombreux tableaux qu'elle avait admirés. Il suffisait qu'il se rapproche un peu trop pour qu'elle sente une sorte de courant électrique glisser sur sa peau et pour regretter qu'il ne la touche pas vraiment. Elle s'était pourtant répété que cet épisode ne se reproduirait plus, qu'elle était sortie de cette nuit de passion le cœur intact, mais que, la fois suivante, elle n'était pas sûre de s'en tirer à si bon compte.

Mais son corps criait d'un désir si fort que Rocco n'avait pas pu manquer de s'en rendre compte. Elle se passa la langue sur les lèvres en tentant d'éviter de regarder sa chevelure d'un noir de jais qui brillait au soleil ou son corps puissamment musclé. Si elle avait encore un peu de raison, elle devait dire non. Elle allait le prier de demander l'addition et de la ramener à la maison pour qu'elle puisse profiter pendant quelques heures de la piscine avant de se préparer pour le cocktail qu'il devait donner sur son yacht. Là, en public, elle jouerait son rôle d'épouse et, le reste du temps, elle s'efforcerait de l'éviter, exactement comme elle en avait eu l'intention au départ.

Mais être raisonnable n'était pas si facile. Quand s'était-elle montrée imprudente pour la dernière fois ? Lorsqu'elle avait choisi de faire ce qu'elle désirait plutôt que ce qui était raisonnable ? La semaine prochaine, de retour en Cornouailles, elle se remettrait à pétrir l'argile humide et à s'inquiéter des factures à payer. Mais aujourd'hui, le soleil brillait sur la Méditerranée et le seul homme qu'elle ait vraiment désiré dans sa vie lui proposait de coucher avec lui. Il aurait fallu qu'elle soit folle pour laisser passer pareille occasion !

— Ils n'ont peut-être pas de chambre libre.

— Rien n'empêche de leur poser la question, répondit-il, les yeux brillants.

Naturellement, ils avaient une chambre et, quand Rocco rangea sa carte de crédit et récupéra la clé, Nicole se sentit comme une écolière en goguette. Bizarrement, elle regretta de ne plus porter son alliance, le seul bijou qu'elle ait conservé de son mariage. Elle se demanda ce que devait penser le personnel du restaurant : un couple de clients venu pour déjeuner et qui finissait par réserver une chambre ! Pensaient-ils qu'elle était la maîtresse de Rocco et qu'il allait passer un après-midi interdit avec une femme qui n'était pas la sienne ? Et, comble d'ironie, ce rôle semblait lui convenir à merveille : en réfléchissant bien, elle se sentait plus à l'aise dans la fonction de maîtresse que dans celle d'épouse légitime.

Dans l'ascenseur, ils ne soufflèrent mot ni l'un ni l'autre en raison de la présence d'une dame d'un certain âge, couverte de diamants, qui tenait dans ses bras un minuscule chien blanc. Mais même si l'ascenseur avait été vide, Nicole dut admettre qu'elle ne se serait pas rapprochée de Rocco, car elle était dans un tel état d'excitation que le moindre contact aurait suffi à la river à lui comme un chat sauvage. Avide de prendre tout ce qu'il pouvait lui donner et convaincue que, dès le dimanche suivant, elle lui dirait définitivement adieu.

Après un trajet qui lui parut une éternité, l'ascenseur s'arrêta enfin, et Rocco glissa d'une main qui parut à Nicole peu assurée la carte clé dans la fente. La chambre était particulièrement luxueuse, avec ses murs gris et son décor de soieries et de tapis persans. L'air embaumait les roses fraîchement coupées. Mais peu leur importait, car à peine avaient-ils refermé la porte derrière eux qu'ils commencèrent à se déshabiller mutuellement.

— Rocco… attention, murmura-t-elle tandis qu'il tirait impatiemment sur la glissière de sa robe bain de soleil. Si tu la déchires, je n'ai rien d'autre à me mettre.

— Je t'en ferai apporter une autre, répondit-il tandis que le vêtement glissait sur les chevilles de Nicole. Ce ne sont pas les boutiques qui manquent dans le coin.

Rapidement, il se baissa pour la ramasser et la faire passer par-dessus sa tête. En l'entendant, elle reconnut l'arrogance dont il avait toujours fait preuve et sentit son cœur se serrer. Elle pensa aussi que, quelle que soit la vie qu'il avait menée après leur séparation, il ne resterait pas toujours célibataire. Certainement pas. Un jour, après le déjeuner, il prendrait une chambre dans le même hôtel qu'aujourd'hui, mais avec une autre, et il lui arracherait sa robe.

Cette certitude inconfortable fut balayée dès qu'elle sentit les doigts habiles de Rocco parcourirent sa chair frémissante. D'une main experte, il dégrafa son soutien-gorge qui tomba sur le sol et, immédiatement, ses lèvres se posèrent sur son téton. Elle gémit doucement tout en lui déboutonnant sa chemise pour caresser la peau soyeuse de son torse, tandis qu'il ôtait la ceinture de son pantalon. On n'entendit plus alors que l'intensité croissante de leurs souffles haletants, jusqu'à ce qu'ils se soient enfin débarrassés de tous leurs vêtements.

D'une main impatiente, il écarta les coussins de soie, la déposa sur le lit et lui ramena les bras derrière la tête, comme une victime promise à un antique sacrifice. D'abord, il lui lécha les seins, avant de concentrer son attention sur son nombril. Un geste primitif, excitant, et d'une certaine façon inévitable. Nicole retint sa respiration en sentant sa langue tracer son chemin à l'intérieur de ses cuisses écartées, mais elle l'arrêta avant qu'il n'atteigne son clitoris glorieusement gonflé et lui demanda de cesser de l'exciter de cette façon. Ce qu'elle voulait, c'était le sentir en elle, tout entier.

— Tu ne peux pas attendre, *piccolo* ?

— Non, murmura-t-elle.

— Je vois, dit-il avec un rire rauque et triomphant tout en déballant un préservatif.

Puis son corps se posa sur le sien et elle sentit son sexe durci.

— Rocco ! gémit-elle en cambrant le bassin vers lui, et, soudain, d'une unique poussée qui l'emplit tout entière, il s'enfonça profondément en elle.

Ses lèvres s'ouvrirent pour pousser un cri de volupté qu'il étouffa d'un baiser passionné.

Jamais Nicole n'avait connu une telle intensité de plaisir. Était-ce parce que, pour la première fois, elle se sentait *vraiment* son égale, une femme qui savait comment lui plaire, ni maîtresse improbable ni épouse soumise, mais une femme dans la plénitude de sa féminité qui pouvait traiter avec lui à ses propres conditions. Sa tête frappait convulsivement l'oreiller tandis qu'il allait et venait en elle de plus en plus vite. Elle sentit son corps palpiter, au bord de l'extase, et Rocco se répandre en elle avec ce grognement étouffé qu'elle connaissait bien. Puis il s'effondra, le cœur battant follement contre ses seins trempés de sueur et, machinalement, Nicole lui caressa la nuque.

Ils restèrent allongés en silence, dans un demi-sommeil, car, en ouvrant les yeux, Nicole sentit ses lèvres pressées contre le cou de Rocco. Du bout de la langue, elle goûta le sel sur sa peau humide. Elle aurait voulu qu'ils restent enlacés ainsi pour l'éternité, songea-t-elle. Abolir tout ce qui les avait séparés. Mais ce n'était qu'un rêve. Tout ceci n'était rien de plus que du sexe, et Rocco n'avait jamais rien fait pour l'enjoliver ni pour l'agrémenter de promesses qu'il ne comptait pas tenir. Il avait pris une chambre et elle l'y avait accompagné de son plein gré. Si en ce moment même ils étaient égaux, alors, peut-être ferait-elle mieux d'en tirer profit, car, au fond, ils n'avaient pas mené jusqu'au bout la discussion entamée auparavant.

— Rocco, dit-elle en suivant de l'index la ligne de sa mâchoire.

— Mmm ?

— Puis-je te poser une question ?

— Si je refuse, tu t'abstiendras de le faire ? répondit-il avec dans la voix une trace d'indulgence post-coïtale, mais également une ombre de menace.

— Non.

— C'est bien ce que je pensais, répliqua-t-il en s'écartant d'elle. Alors, Nicole, de quoi s'agit-il ?

Si elle avait au moins eu le temps de se préparer, comme quand on va chez le médecin et qu'on est censé auparavant faire la liste écrite de tous les symptômes au cas où on en oublierait un… Mais non. Impossible de contrôler le flot de mots désordonnés qui s'échappait de sa bouche.

— Tout à l'heure, quand tu m'as dit que tu étais le genre d'homme qui fait du mal aux femmes, je me suis demandé… eh bien… Est-ce que tu sais pourquoi ? lança-t-elle, les yeux fixés sur son profil impassible.

— Je ne leur fais pas de mal, répliqua-t-il sur un ton glacial. Je suis seulement incapable de satisfaire leurs attentes, même si elles sont toujours prévisibles.

— Vraiment ?

Nicole leva les sourcils, tout en sachant parfaitement ce qui allait suivre.

— Les femmes veulent qu'on les aime, reprit doucement Rocco. Et moi, je suis incapable d'aimer.

— Pourquoi ?

Il croisa et décroisa les doigts et, sur le drap blanc, sa peau parut soudain plus sombre.

— Je ne peux pas, dit-il enfin. Comme quelqu'un qui est né sans odorat et qui ne peut pas sentir. Si on lui met une rose sous le nez, on perd son temps, eh bien, moi, c'est pareil, je n'éprouve pas les mêmes sentiments que les autres. Peut-être à cause de la façon dont j'ai été élevé, si ça peut te faire plaisir. Peut-être, pour ressentir un sentiment à l'égard de quelqu'un, faut-il en avoir soi-même été l'objet. Dans notre maison, il n'y avait pas d'amour, en tout cas, pas entre mes parents. Leur mariage était fondé sur le devoir plus que sur la recherche du bonheur.

— Je vois.

Nicole s'efforça d'assimiler cette information. Lorsqu'il l'avait épousée, n'avait-il pas cherché à reproduire cette disposition familiale puisque leur mariage, lui aussi, était fondé sur le devoir ? Était-ce pour cette raison qu'il lui avait écrit ces lettres où il insistait pour qu'elle revienne, parce qu'il supposait que c'était son devoir ?

— Donc, ils n'ont pas été heureux ?

— En tout cas, pas heureux ensemble.

— Mais jamais ils n'ont songé à divorcer ?

— Avec trois enfants ? répondit-il avec une moue qui durcit sa bouche. Certainement pas. Et, à cette époque, dans cette région de la Sicile, un divorce aurait fait scandale. Mais je suppose que toute cette haine rentrée devait bien trouver un exutoire et que c'est pour cette raison qu'ils vivaient si dangereusement.

Elle se redressa en s'appuyant sur un coude.

— Dangereusement ? Qu'est-ce que ça veut dire ?

Il se tourna vers elle et Nicole perçut dans son regard un éclair de vulnérabilité si fugitif qu'elle pensa que c'était le produit de son imagination.

— Ils aimaient les conduites à haut risque. Sans doute leur façon à eux de prendre leur pied, plutôt que de rompre leur engagement conjugal. Les sports dangereux comme substituts de l'infidélité… Tu vois ce que je veux dire, le genre d'activités qui fait grimper les primes d'assurances : le saut à ski, l'héliski, la plongée libre, les autres en parlaient, eux, ils les pratiquaient. Quand mon père a eu son accident de hors-bord, j'ai été très choqué, mais, d'une certaine façon, j'ai compris que je m'attendais depuis longtemps à quelque chose de ce genre.

Nicole retint son souffle, redoutant que la moindre parole ne rompe le charme fragile. Pourquoi n'avait-il jamais abordé ce sujet ? *Parce qu'ils n'avaient pas encore eu ce type de relation.* Ils étaient sur le point de rompre lorsqu'elle s'était retrouvée enceinte, et, ensuite, tout avait tourné autour du bébé. Même après leur mariage, jamais ils n'avaient échangé de confidences : leurs vies étaient trop compartimentées pour qu'ils puissent communiquer. Et aujourd'hui, alors que leur relation était sur le point de s'achever, Rocco semblait prêt à lui livrer un aperçu de l'homme dissimulé sous le masque qu'il offrait au monde. Mais c'était trop peu et trop tard, songea-t-elle, sans pourtant pouvoir empêcher son cœur de palpiter pour lui.

— Oh ! Rocco, je suis désolée, murmura-t-elle.

— Je n'ai que faire de ta pitié, marmonna-t-il sur un ton dissuasif.

— Ce n'est pas de la pitié, mais de la compassion.

— Tu peux l'appeler comme tu veux, je n'en ai nul besoin. Tout ça, c'est du passé et, d'ailleurs, nous avons fait le tour du sujet, tu ne crois pas ? dit-il en étouffant un bâillement après avoir jeté un coup d'œil à sa montre. Nous ferions mieux de commander un taxi pour venir nous chercher.

Nicole vit qu'il se refermait comme une huître et elle savait pourquoi. En changeant de sujet, il tenait à lui faire comprendre en termes très clairs qu'il n'avait rien à faire de sa pitié et de son réconfort. Mais elle, elle n'en avait pas fini. Pas encore. Elle se passa la langue sur ses lèvres.

— Encore une question, s'il te plaît.

Cette fois, il ne fit pas le moindre effort pour dissimuler son impatience.

— Tout cela commence à m'agacer, Nicole.

— Je voudrais encore savoir autre chose, et c'est sans doute ma dernière chance de l'apprendre de toi. Si tu m'as amenée ici, est-ce bien uniquement pour préserver ta réputation ?

Dans la lumière tamisée de cette chambre de luxe, le bleu saphir de ses yeux ressortait davantage encore.

— J'aurais sans doute réussi de toute façon à finaliser ce contrat sans toi à mes côtés, dit-il. Disons que ta présence a été une mesure de précaution.

— Sans plus ?

— Sans plus. Au départ du moins, ajouta-t-il en plongeant son regard dans le sien.

— Et après ?

— Dès ton arrivée, j'ai compris qu'entre nous, les choses n'étaient pas vraiment terminées.

— Tu veux dire, du point de vue du sexe ? demanda-t-elle, le cœur battant la chamade.

Il acquiesça après un silence.

— *Se.* C'est exactement ce que je veux dire. Cela faisait longtemps que je n'avais pas eu de relation intime avec une femme. Depuis la dernière fois que j'avais fait l'amour avec toi, avant que tu me quittes, si ça t'intéresse, ajouta-t-il comme pour répondre à la question muette qu'il lisait dans son regard.

— Ça ne m'intéresse pas spécialement, répondit-elle, le souffle coupé, tout en se demandant s'il devinait à sa voix qu'elle mentait.

— Nous aurions vraiment eu tort de nous refuser un plaisir dont nous avions tous les deux envie, poursuivit-il sur un ton pensif. Tu es la maîtresse la plus charmante que j'aie jamais eue et je tenais à savoir si tu étais toujours aussi douée que dans mon souvenir. Et tu l'es. Mais ce n'est rien d'autre que du désir attisé par la curiosité.

— Tu ne mâches pas tes mots, n'est-ce pas, Rocco ?

— Ne pose pas de questions si tu ne peux pas supporter les réponses.

Elle sortit du lit et lui tourna le dos. Tandis qu'il la regardait s'habiller, Rocco fut envahi par un étrange sentiment de frustration. Il s'était dit que le sexe était le meilleur moyen d'en finir — une conclusion satisfaisante pour leur mariage raté —, mais cela ne s'était pas vraiment passé ainsi. En définitive, c'était allé plus loin qu'une simple satisfaction physique puisqu'il avait fini par lui parler. Et même par lui parler de sentiments. Et même de sentiments qu'il aurait préféré ne pas éprouver. Avec une moue dépitée, il prit son téléphone sur la table de nuit en fermant les yeux pour éviter de regarder la jeune femme qui remontait son slip de dentelle blanche sur ses cuisses fermes et pâles.

Nicole agrafa son soutien-gorge en s'efforçant de maîtriser le tremblement de ses mains et d'ignorer Rocco qui parlait très vite au téléphone, en français, comme si elle n'existait plus. Elle avait l'impression d'être une prostituée qu'il aurait emmenée dans un hôtel anonyme, et même la révélation qu'il n'y avait pas eu d'autre femme depuis leur rupture ne suffisait pas à calmer son désarroi. Elle avait fait une folie, inutile de le nier : elle était venue là pour qu'il la prenne et il l'avait prise. Pour terminer le travail, comme il l'avait si bien dit.

Mais elle ?

Elle avait le sentiment qu'il l'avait démolie sans même prendre la peine de rassembler les morceaux. Elle avait mal et, en même temps, elle se sentait insatisfaite. Elle enfila sa robe blanche puis s'efforça de la défroisser du plat de la main. Oui, elle en attendait davantage. De lui. Comment avait-elle pu se cacher que cette intimité physique l'engageait sur une voie où elle refusait d'aller ? Tout le dur travail qu'elle avait fait sur elle-même pour tenter de l'oublier n'avait servi à rien et, concernant Rocco, elle se sentait désormais plus vulnérable que jamais.

Et elle allait encore devoir supporter cet horrible cocktail sur son yacht de luxe !

Les joues en feu, elle traversa la réception dans sa robe chiffonnée sous les yeux du portier qui semblait l'observer avec un sourire entendu. Debout sur le trottoir inondé de soleil, elle s'aperçut que Rocco ne l'avait toujours pas embrassée.

# 9.

Au loin, sur le rivage, des lumières scintillaient comme des diamants, tandis qu'un discret clapotis venait frapper doucement la coque du bateau, au rythme des vagues. Debout sur le pont de son superbe yacht, Rocco Barberi surveillait ses invités qui buvaient du champagne en bavardant. Il se demanda pourquoi il se sentait à ce point étranger, spectateur de la fête qu'il donnait. Des serveurs proposaient des plateaux chargés d'huîtres fraîches et de minces blinis garnis de caviar et, sur le pont inférieur, l'un des croupiers du casino tout proche présentait des tours de cartes si habiles qu'ils arrachaient des cris aux spectateurs. Une parfaite réussite, reconnut-il sans guère de satisfaction.

Cerise sur le gâteau, quelques minutes plus tôt, Marcel Dupois l'avait pris à part pour lui annoncer qu'il acceptait son offre et qu'il n'y avait plus de raison de retarder la conclusion du marché. Ayant compris que l'affaire pourrait être signée la semaine suivante, Rocco aurait dû se féliciter de son succès et envisager l'avenir avec confiance, comme à son habitude.

Mais alors, pourquoi manquait-il à ce point d'enthousiasme à l'idée de s'engager dans cette nouvelle affaire ?

Pourquoi se sentait-il les nerfs à vif ?

En réalité, il savait pourquoi. L'évidence était là, sous ses yeux : Nicole, vêtue d'une robe rouge très ajustée — une couleur qu'il ne l'avait jamais vue porter — qu'elle avait apparemment cousue elle-même, tout comme la robe blanche qu'il lui avait arrachée un peu plus tôt dans l'après-midi. Nicole qui, une fois de plus, avait mis tout le monde dans sa poche par son amabilité souriante, à l'opposé de l'humeur morose qu'elle avait manifestée en quittant leur chambre d'hôtel.

S'était-elle offusquée de sa franchise ? Sa froideur glaciale semblait le prouver. Dès leur retour à la villa, elle s'était retirée dans sa chambre sous prétexte de se préparer et, durant le trajet jusqu'au yacht, elle avait passé presque tout son temps à pianoter sur son téléphone, comme si Rocco n'existait pas.

Pourtant, dès qu'ils avaient posé le pied sur le yacht, elle s'était métamorphosée en une beauté pleine d'entrain qui attirait tous les regards des invités de la fête. Sur son passage, elle faisait tourner les têtes. Rocco avait même fini par se demander si les gens pouvaient deviner sa sensualité débridée et si son apparence lumineuse trahissait ce qui s'était passé après le déjeuner. Les doigts de Rocco se crispèrent sur la rambarde, et il se mit à regretter amèrement de lui avoir parlé comme il l'avait fait. Parlé de ses parents. Révélé qu'il ne savait pas ce que c'était que l'amour. Tout cela, elle n'avait aucun besoin de le découvrir.

— Elle est absolument charmante, dit Annelise Dupois après lui avoir tapoté le bras, l'arrachant à ses pensées.

Elle avait suivi le regard de Rocco rivé sur Nicole qu'illuminait le clair de lune, lui donnant l'apparence d'un ange aux boucles acajou.

— Mon mari et moi nous disions justement que vous aviez beaucoup de chance, Rocco.

Pour la première fois de sa vie, il se sentit pris de court. Avait-il vraiment de la chance que Nicole ait acquis le pouvoir de le forcer à éprouver des « choses » alors qu'il n'en avait aucune envie ? Sa bouche se durcit.

— J'ai cru comprendre que votre femme et vous vous étiez séparés ? intervint alors Javier Estrada.

La question de l'Argentin — parfaitement innocente en apparence, ce que démentait l'éclat de son regard brillant d'un intérêt sincère — agaça Rocco. Il connaissait la réputation du milliardaire sud-américain, grand séducteur s'il en était, et n'avait pas l'intention de lui donner le feu vert concernant Nicole. Certes, leur histoire touchait à sa fin, mais qu'il soit damné s'il laissait sereinement un homme comme cet Estrada la contempler en se léchant les babines.

— Plus maintenant. Nous sommes sur le point de reprendre la vie commune, répondit-il sur un ton glacial, proférant sans vergogne ce nouveau mensonge.

— Dommage, murmura Estrada.

Rocco dut faire un immense effort pour se maîtriser au lieu de le précipiter par-dessus bord comme il en brûlait d'envie. Néanmoins, il préféra s'éloigner en direction d'une ravissante serveuse qui portait un plateau de flûtes de champagne et se servit d'un geste impatient. Il n'avait ni faim, ni soif, ni aucune envie de danser au son du quatuor à cordes qui jouait à l'extrémité du vaste pont. Tout ce qu'il se sentait capable de faire, c'était de penser à la femme qu'il avait épousée et de se demander s'il n'avait pas perdu momentanément la tête quand il lui avait proposé de l'accompagner durant ce week-end.

Il ne s'attendait pas à ce qu'elle se révèle si…

Il secoua la tête. C'était bien là le problème. Concernant Nicole, il ne nourrissait aucune attente. Même après avoir découvert que son désir pour elle était toujours aussi puissant qu'avant, il avait cru que c'était le résultat d'une abstinence prolongée et que le sexe suffirait à le délivrer de sa frustration. Ensuite, il pourrait gommer de sa vie la femme qui l'avait abandonné. Définitivement. Son visage se durcit. Seulement, cela n'avait pas l'air de fonctionner. Il se demanda comment il avait pu se tromper à ce point, et comment ce week-end avait pu aussi mal tourner. Jamais il ne se serait attendu à ce que… C'était comme si Nicole avait le pouvoir de lui ôter son armure et de le laisser nu, révélant un aspect de lui-même qu'il avait toujours dissimulé. Comment avait-elle pu y parvenir ? se demanda-t-il, furieux. Mais, en réalité, il le savait.

Il observa les vaguelettes qui venaient heurter la coque. En fait, Nicole avait beaucoup changé. Elle n'était plus la femme fragile qui le fixait d'un regard empli de reproches, prête à accepter toutes ses extravagances. Dans sa nouvelle version, elle s'était révélée beaucoup plus confiante, pleine d'assurance, comme si, en le quittant, elle avait trouvé le courage d'être enfin elle-même. Comme si c'était *lui* qui l'étouffait.

Sa bouche esquissa une moue de dépit. Très bien. Qu'elle continue à s'imaginer ce qu'elle voulait, bientôt, elle serait partie et il n'y penserait même plus. Dès le lendemain matin, il la mettrait dans l'avion pour l'Angleterre, signerait les papiers de divorce, et basta !

Terminé.

Il regarda Anna Rivers qui s'approchait, moulée dans son petit fourreau en lamé. En passant près de lui, elle lui adressa un petit sourire provocant et un regard plein d'invite, bien qu'elle le sût marié. Mais Rocco n'était pas intéressé. D'ailleurs, pour le moment, les femmes, il en avait un peu soupé. Après le départ de Nicole, une fois que tout serait rentré dans l'ordre, il reprendrait la vie tranquille qu'elle était venue bouleverser. Une vie confortable agrémentée de liaisons sans danger avec des femmes qui connaissaient les règles du jeu, indépendantes, avec une carrière à mener, et qu'il pouvait prendre et laisser à sa guise. Pas du genre à tenter de s'insinuer sous sa peau et d'y rester.

Dès qu'ils auraient quitté la réception, il lui souhaiterait une bonne nuit et, le lendemain matin, il partirait pour son bureau bien avant qu'elle soit réveillée. Et même si elle était la femme la plus sexy de la soirée, il ne partagerait ni son lit ni son corps cette nuit. C'était trop déstabilisant. Trop… *intense*. Sans parler de cette manie qu'elle avait de lui roucouler dans l'oreille quand il était en elle. La façon dont elle nouait ses cuisses si tendres autour de son dos tandis qu'il la chevauchait. Une bouffée de désir brûlant lui échauffa le sang, mais il parvint à la maîtriser. Il avait commis une erreur en la faisant venir à Monaco, il lui fallait bien le reconnaître. Et cette erreur, ce n'était pas en devenant plus intime avec elle qu'il réussirait à la corriger.

Dans sa poche, son téléphone se mit à vibrer. L'appel manqué venait de Sicile, et immédiatement tous ses sens se mirent en alerte. Il était très tard. Son grand-père ? se demanda-t-il, le cœur battant, tout en suivant machinalement Anna Rivers qui descendait l'escalier en balançant des hanches. Mais, une fois arrivé sur le pont inférieur, il la dépassa et tourna à gauche en direction de son bureau, son sanctuaire, pour appeler le domaine Barberi, à la sortie de Palerme.

Maria décrocha à la première sonnerie, ce qui n'était pas bon signe à une heure aussi tardive, et Rocco passa immédiatement au dialecte pour parler à l'intendante de la famille.

— Nonno ? s'enquit-il.

— Votre grand-père est malade.

— Malade comment ?

— Il a de la fièvre. Une infection, d'après le médecin que nous avons immédiatement fait venir.

Les doigts de Rocco se crispèrent sur le téléphone.

— Et maintenant ?

— Il a pris un traitement et nous avons engagé une infirmière qui est à son chevet. Moi aussi, précisa-t-elle avant d'ajouter : Vous allez rentrer tout de suite ?

— Évidemment.

Il y eut un silence et, cette fois, Rocco fut certain d'avoir perçu la voix de son grand-père en arrière-fond, plus faible qu'il ne l'avait jamais entendue.

— C'est Nonno ? demanda-t-il. Qu'est-ce qu'il dit ?

— Il veut savoir si vous vous êtes réconcilié avec votre femme, répondit Maria d'une voix hésitante.

— Comment ?

— Michèle lui a révélé que Nicole se trouvait avec vous à Monaco.

Rocco pesta à mi-voix. De quel droit son assistante se

mêlait-elle de ses histoires de famille, comme si elle était un agent double ? Il faudrait qu'il lui en touche deux mots, mais cela pouvait attendre.

— Il voudrait que vous répondiez à sa question, insista Maria. Tant que vous ne l'aurez pas fait, il ne restera pas tranquille, vous le connaissez.

Rocco leva les yeux au ciel. S'il s'était agi de qui que ce soit d'autre, il l'aurait envoyé au diable. Mais avec Nonno, c'était différent. Dans la vie de Rocco, il tenait une place privilégiée. Il les avait aidés, ses frère et sœur et lui, quand leur univers avait explosé, après la mort de leurs parents. Il avait été le seul roc auquel ils pouvaient se raccrocher. Et voilà qu'il se mourait, se dit Rocco, terrassé par le chagrin. Lentement, il reprit conscience du lieu où il se trouvait, ce somptueux bureau d'où il avait géré quelques-unes de ses plus audacieuses affaires. Mais pour lui, tout ce luxe n'avait plus aucun sens, pas plus que les succès et les éloges qui ne comptaient plus pour rien.

*Niente.*

Parce que tout cela n'avait aucune valeur.

— Non, déclara Rocco, conscient que sa voix trahissait sa peur. Nous ne nous sommes pas réconciliés.

Maria n'aurait même pas eu besoin de lui transmettre la réponse de Nonno, il la connaissait déjà.

— Il veut la voir, Rocco. Il veut que vous la rameniez en Sicile.

La fête battait son plein et Nicole s'efforçait de capter les paroles d'un Français qui portait un nœud papillon écarlate. Elle savait que c'était l'un des actionnaires et qu'il envisageait l'offre de Rocco d'un œil très favorable. Elle le savait parce qu'il venait de le lui dire. Il n'aurait probablement pas dû le faire, mais, comme tout le monde, il semblait avoir abusé de l'excellent champagne qui coulait à flots. Malheureusement, elle avait beaucoup de mal à se concentrer sur ce qu'il lui racontait. En fait, elle n'arrivait pas à penser à autre chose qu'à Anna Rivers, cette superbe actrice qui avait quitté le pont depuis un assez long moment, entraînant Rocco dans son sillage.

Peu importait pourtant où il était et avec qui, se répéta Nicole, mais ce n'était pas la vérité. Brusquement, elle prenait conscience que cette disparition lui importait beaucoup plus qu'elle ne l'aurait dû, même si c'était complètement idiot. Ce n'était pas parce qu'ils venaient de passer un après-midi ensemble que cela lui donnait le moindre droit sur lui. D'ailleurs, durant cet après-midi brûlant, il ne l'avait même pas embrassée une seule fois, ce qui en disait long sur ce qu'il éprouvait — ou plutôt n'éprouvait pas — à son égard, n'est-ce pas ?

Les joues en feu, elle se réfugia à l'extrémité du pont où régnait un peu de calme. Rocco savait-il que son offre de rachat était pour ainsi dire signée ? S'était-il dit que, dans ces conditions, il n'avait plus besoin d'elle et pouvait tout simplement l'ignorer ? Sans doute. Mais à quoi s'était-elle donc attendue ? À ce qu'il la respecte alors qu'elle lui était tombée dans les bras comme s'il ne s'était jamais rien passé de terrible entre eux ?

En entendant un bruit derrière elle, elle se retourna. C'était lui, plus beau que jamais dans son smoking, avec ses cheveux sombres qui brillaient sous les lumières multicolores disséminées le long du pont. Il regardait autour de lui comme s'il cherchait quelqu'un. Dès qu'il l'aperçut, il se dirigea vers elle. Mais à peine eut-elle découvert son visage bouleversé qu'elle fut prise d'un funeste pressentiment.

— Que se passe-t-il ? demanda-t-elle.

— Je viens d'avoir un appel de Sicile, répondit-il, la mâchoire serrée. Mon grand-père est malade.

Nicole reprit son souffle. Elle n'aurait pas dû ressentir un pareil choc car, compte tenu de l'âge avancé de Turi, il fallait bien s'attendre à recevoir ce genre de nouvelles. Mais certaines personnes paraissent indestructibles, et c'était le cas du patriarche. Elle tenta d'imaginer le navire Barberi sans cette figure hors du commun à la barre, mais c'était impossible. Elle se demanda comment Rocco, son frère et sa sœur supporteraient la mort du vieil homme qui avait toujours veillé sur eux. Leur ancre à tous. Mais Rocco la fixait d'un regard vide.

— Je suis désolée, murmura-t-elle. Où… où en est-il ? Et que peut-on faire ?

— Il n'y a personne de la famille à Palerme, répondit-il avec un haussement d'épaules. Mon frère est en Amérique du Sud et ma sœur à Los Angeles. Ils ont tous les deux pris l'avion pour rentrer, mais c'est en ce moment qu'il aurait besoin de nous à ses côtés. Je pars pour la Sicile dès que mon plan de vol aura été accepté par le contrôle aérien. Michèle est en train de s'en occuper.

— Bien sûr.

Nicole ferma les yeux un instant, priant pour que Rocco arrive à temps auprès de son grand-père, mais elle ne put s'empêcher de penser à tout autre chose. C'était sans doute la dernière fois qu'elle le voyait, songea-t-elle en rouvrant les paupières, le cœur serré. C'était donc un adieu vraiment définitif, et elle se demandait ce qu'elle allait lui dire quand Rocco reprit la parole.

— Il veut te voir, Nicole.

Elle ouvrit de grands yeux et sentit peser sur elle son regard d'acier. Un muscle battait sans arrêt sur sa tempe.

— Qui ? s'enquit-elle.

— Nonno. J'ai parlé à Maria. Il a demandé que tu viennes.

— Moi ? Mais pourquoi ?

Elle ne chercha pas à dissimuler sa stupéfaction. En fait, jamais, malgré tous ses efforts, elle ne s'était sentie proche du vieil octogénaire.

— Qui le sait ? lança-t-il sur un ton impatient tout en desserrant nerveusement sa cravate, comme si elle l'étranglait. Tu vas venir, Nic ? reprit-il après un silence.

— Et toi, tu veux que je vienne ? demanda-t-elle d'une voix calme en s'efforçant de ne pas réagir à ce surnom dont il ne s'était plus servi depuis si longtemps.

Il se raidit avant de secouer la tête.

— Pas vraiment. Tous les deux, nous savons parfaitement que nous avons atteint le bout du chemin. Mais mon grand-père peut mourir à tout moment, alors comment pourrais-je refuser à un mourant d'accomplir son dernier vœu ?

Il la fixait droit dans les yeux et elle eut l'impression qu'ils étaient seuls et non pas sur un yacht bondé, en pleine fête. En voyant son regard interrogateur, elle songea que nul n'aurait pu accuser Rocco de mentir, ni de s'inquiéter du mal que pouvaient lui faire ses paroles. Mais, en dépit de cette froide constatation, elle devinait en lui une vulnérabilité que, pour une fois, il n'essayait plus de dissimuler. À moins qu'il n'en soit plus capable. Soudain, il lui vint à l'esprit qu'en ce moment, Rocco avait peut-être enfin besoin d'elle autant qu'elle l'avait toujours désiré, mais, comme tout le reste, cela venait trop tard.

Et puis, elle avait peur. Revenir en Sicile ne pouvait que rouvrir des plaies douloureuses. Mais avait-elle un autre choix ? Si elle avait une once de compassion, comment aurait-elle pu le lui refuser ? Si elle acceptait, ce serait pour le vieil homme, certes, mais aussi pour Rocco, parce que, si elle l'abandonnait ainsi, jamais plus elle ne pourrait vivre en accord avec elle-même. Même si c'était complètement fou.

— Je vais t'accompagner, évidemment, répondit-elle d'une voix calme.

— *Grazie,* dit-il avant de jeter un coup d'œil à sa robe rouge. Mais il faut que nous allions directement à l'aéroport. Nous n'avons pas le temps de repasser à la maison. Je vais appeler Michèle pour qu'elle fasse rassembler tes affaires et déposer tes bagages dans l'avion.

— Très bien.

— Et maintenant, allons-y.

En silence, ils quittèrent la réception non sans répondre aux sourires des invités qu'ils croisaient sur leur passage.

Ceux-ci croyaient-ils qu'ils allaient fêter la signature du contrat ou peut-être leur réconciliation personnelle ?

Durant un bref instant, au fond de son cœur, elle regretta que cette réconciliation ne soit qu'un leurre, un arrangement conclu de sang-froid pour finaliser une affaire qui s'éternisait. Mais, en acceptant de revenir dans ce lieu où elle s'était toujours sentie une pièce rapportée, elle risquait de s'impliquer encore davantage. Rocco s'en souviendrait-il et veillerait-il sur elle, ou bien se contenterait-il de la jeter dans la fosse aux lions, comme il l'avait déjà fait ?

Une fois installée à bord, en proie à toutes ces incertitudes, elle lança un coup d'œil à son mari dont le jet privé s'élevait dans le ciel illuminé d'étoiles de Monaco et se demanda si elle ne ferait pas mieux de lui poser franchement toutes ces questions. Mais son profil lui parut plus dur et inflexible que jamais et elle sentit qu'il n'avait aucune envie d'engager une conversation. Ravalant ses interrogations importunes, elle demeura donc silencieuse durant tout le reste du vol.

# 10.

Il faisait déjà nuit quand le jet de Rocco atterrit en Sicile, où l'air parfumé raviva les souvenirs de Nicole. À pleins poumons, elle respira l'odeur de terre longuement échauffée au soleil, mêlée de fragrances de citron et de jasmin. Sur cette île, les étoiles lui avaient toujours semblé plus brillantes qu'ailleurs, mais peut-être était-ce uniquement parce que le ciel était plus sombre.

Soudain, sa mémoire fut envahie par une foule d'images et son cœur se serra au souvenir des sentiments qu'elle éprouvait pour Rocco quand il l'avait amenée ici pour la première fois. Cette façon dont il l'avait embrassée en lui promettant d'être le meilleur père qu'il pourrait… Blottie dans ses bras, elle avait imaginé leur avenir avec leur bébé. Elle secoua la tête, déroutée par la mélancolie soudaine qui la submergeait. Était-ce pour mieux se protéger qu'elle s'efforçait de gommer tous les bons moments de leur mariage, en espérant qu'ainsi, il lui serait moins difficile de l'oublier ?

Elle descendit la passerelle au pied de laquelle attendait une voiture. Nicole reconnut immédiatement le chauffeur assis au volant, qui la salua d'un bref signe de tête de reconnaissance. Tout naturellement, Rocco se mit à discuter avec lui en dialecte tandis qu'elle observait par la fenêtre la campagne sicilienne obscurcie par la nuit.

Des oliviers, dont les fruits minuscules étaient loin d'être mûrs, bordaient la route et leur feuillage argenté luisait doucement sous la lune. Dans l'obscurité, elle avait du mal à reconnaître la campagne, mais l'immense propriété des Barberi n'avait pas changé. Dès que les grilles électriques se furent ouvertes, elle en reconnut les différents bâtiments. À cette heure tardive, la résidence principale aurait dû être plongée dans le silence et l'obscurité, et les fenêtres illuminées suffisaient à montrer que la situation était loin d'être « normale ».

Rocco se tourna vers elle, le visage sombre, tandis que la voiture se garait dans la cour.

— Tu ferais mieux d'aller tout de suite dans notre maison pour t'installer.

— D'accord.

— Moi, je me rends directement auprès de Turi. Si tu veux manger ou boire quelque chose, Maria doit être encore debout.

Il ouvrit la portière et, dans ses yeux, elle crut voir passer un éclair d'appréhension. Redoutait-il d'être confronté à la mort d'un être aimé ? Sans réfléchir, elle lui prit la main et la serra un instant dans la sienne, mais il ne tarda pas à la lui retirer. Nicole se fit la réflexion que ce simple geste témoignait de davantage d'intimité entre eux que le sexe même.

— Dis à Turi que je l'aime et que je pense à lui, chuchota-t-elle.

— Je le ferai.

Nicole prit sa valise et traversa la terrasse en direction de la maison dans laquelle Rocco et elle avaient mené toute leur vie de couple. Des lampes s'allumèrent sur son passage, revêtant l'imposant bâtiment d'un halo de lumière. *Notre maison,* avait dit Rocco, mais cette villa avait-elle jamais été la sienne ? En tout cas, jamais elle ne l'avait ressentie comme telle. Elle était bourrée de meubles anciens très sombres qui appartenaient depuis des décennies à la famille Barberi, un mobilier qu'elle trouvait lourd et oppressant, mais elle n'avait jamais osé proposer le moindre changement. Elle était bien trop timide pour prendre la moindre initiative, sauf pour témoigner une éternelle reconnaissance à Rocco qui ne l'avait pas jetée à la rue quand elle s'était retrouvée enceinte.

Dès qu'elle eut ouvert la porte et tourné l'interrupteur, les lieux lui furent plus familiers et elle s'efforça de recouvrer son calme pour faire face à ce qui l'attendait. Seule la pièce prévue pour devenir la nurserie avait changé. On en avait ôté le berceau et le mobile, un assemblage de divers animaux qu'elle avait rapporté d'Angleterre. La chambre était presque vide, les murs avaient été repeints d'une couleur neutre qui remplaçait le jaune ensoleillé. Deux fauteuils confortables et une sono sophistiquée en constituaient le seul mobilier. Évidemment, puisque Rocco ne vivait plus là, se rappela-t-elle avec amertume. D'ailleurs, il ne lui avait jamais dit pourquoi il était parti.

Elle pénétra dans la salle de bains, ôta sa robe rouge et resta un long moment sous la douche. L'eau savonneuse qui coulait sur sa peau tiède lui donnait l'impression de se sentir un peu plus humaine. Puis elle sortit de sa valise le T-shirt qui lui servait de chemise de nuit et l'enfila. Dans le frigo, elle trouva de l'eau fraîche qu'elle but avec plaisir tout en se disant qu'elle ferait peut-être mieux de rester éveillée au cas où Rocco viendrait. Mais elle était épuisée. Il s'était passé tant de choses en si peu de temps… Peut-être pouvait-elle s'allonger un peu en attendant.

Comme elle se sentait incapable d'entrer dans la chambre, elle prit une couverture et s'installa en bâillant sur un des divans, les paupières lourdes. Mais les minutes passaient sans que Rocco fasse son apparition…

Et, soudain, elle sentit sur son visage la lumière du matin. En clignant des yeux, elle se redressa sur le canapé. Comme elle n'avait pas fermé les volets, le soleil matinal sicilien entrait à flots dans la pièce. Le ciel sans nuages était déjà d'un bleu vif et elle entendit un tintement de cloches dans le lointain. Les oiseaux chantaient comme des fous et, inexplicablement, la pure beauté de cette matinée la réconforta. Dans sa valise, elle prit un jean et un T-shirt et s'habilla. Tout en se brossant les cheveux, elle repensa à Turi et pria en silence pour qu'il ait réussi à passer la nuit.

Il lui aurait été moins pénible d'aller dans la cuisine pour voir s'il y avait du café, mais elle savait qu'elle ne pourrait pas éviter éternellement la pièce qu'elle avait si longtemps cru ne jamais revoir. Le cœur battant à tout rompre, elle entra dans la chambre qu'elle avait partagée avec Rocco — une pièce élégante, meublée d'un immense lit ancien. Elle se rappela comme il s'était montré tendre avec elle et si protecteur vis-à-vis de la nouvelle vie qu'elle portait. Aujourd'hui, elle comprenait enfin pourquoi il l'avait traitée avec tant de délicatesse alors qu'elle redoutait déjà de ne plus lui plaire. C'était très étrange, mais, en prenant du recul, il arrivait qu'on change complètement de point de vue.

Ravalant sa tristesse, elle examina la pièce. Sur un des murs, elle aperçut son unique contribution au décor : une photo en noir et blanc de New York admirée durant leur lune de miel, que Rocco avait achetée en cachette et qui l'attendait quand ils étaient rentrés de voyage. Elle se rappela avoir été subjuguée par ce geste qui lui semblait symboliser un avenir romantique qui n'était jamais advenu. En la contemplant, elle sentit son cœur se serrer de nostalgie. Pourquoi était-elle toujours accrochée là ?

Sans raison particulière, elle ouvrit un placard, mais ce qu'elle y découvrit la déstabilisa plus encore que la photo. Tous ses vêtements étaient restés là, exactement dans l'état où elle les avait laissés. Des ensembles aux couleurs coordonnées et aux lignes nettes choisis par un coûteux styliste londonien. Des chemises et des pantalons bien coupés, et les accessoires coordonnés de couleurs vives. En les regardant avec un certain recul désormais, même si ce n'était pas tout à fait son style, ils n'avaient rien d'horrible. Pourquoi y avait-elle attaché tant d'importance ?

En soupirant, elle reconnut que le problème essentiel n'était pas le choix des vêtements, il était en elle. Si vous acceptiez que les gens vous traitent comme une poupée, il ne fallait pas vous plaindre quand ils le faisaient. Si c'était à recommencer, se comporterait-elle différemment ? Elle ignorait la réponse. Ou plutôt non, elle agirait tout autrement, elle en avait la certitude. Même si cela devait sans doute se terminer de la même façon puisqu'un mariage ne pouvait fonctionner que s'il était fondé sur l'amour et que Rocco était incapable d'aimer, il le lui avait dit lui-même.

Comme si le fait de penser à lui avait le pouvoir de le faire apparaître, il choisit ce moment pour entrer dans la chambre et, en le voyant, Nicole oublia toutes les questions qu'elle s'était posées : il avait les yeux cernés par le manque de sommeil et sa bouche crispée n'esquissait pas le moindre sourire.

— Turi ? demanda-t-elle, le cœur serré, la voix tremblante d'anxiété.

Il serra la mâchoire en acquiesçant de la tête.

— Il tient le coup, mais il est plongé dans un profond sommeil. Je ne crois pas qu'il soit conscient de ma présence. Je ne sais pas s'il va assez bien pour te voir maintenant, mais…

— Honnêtement, Rocco, ça n'a pas d'importance. Peut-être n'était-il pas tout à fait lui-même quand il a demandé à me voir, et puis, tu dois compter avec ton frère et ta sœur. Il ne faudrait pas qu'il soit épuisé quand ils arriveront et il vaudrait peut-être mieux que je ne…

— Pas du tout, dit-il d'une voix douce. Le médecin a dit que, physiquement, il était fort comme un bœuf, et il a passé toute sa vie à défier le sort. Il va s'en sortir et il veut te voir, Nic, et, si tu veux mon avis, tu ferais bien d'y aller.

Nicole acquiesça en se disant qu'ils avaient l'air de se parler de façon détachée et factuelle, mais qu'au-delà des apparences, une autre conversation sous-jacente se déroulait entre eux. Du moins, elle en avait l'impression. Elle fixa Rocco droit dans les yeux en se demandant ce que cela lui faisait de se retrouver avec elle dans cette chambre, fantômes de ceux qu'ils étaient naguère. Était-ce aussi bouleversant pour lui que pour elle ? Les souvenirs qui l'assaillaient lui rappelaient-ils que, dans leur mariage, tout n'avait pas été horrible ? Mais ces questions, elle ne les lui poserait jamais, elle n'en avait pas le droit.

— Je vais me doucher, dit-il en commençant à déboutonner sa chemise. Ensuite, nous irons prendre le petit déjeuner dans la grande maison. Maria nous y attend.

En le voyant se déshabiller, Nicole s'empressa de sortir de la chambre pour se réfugier dans une autre salle de bains et, une demi-heure plus tard, ils se retrouvèrent dans la cuisine de la grande maison, tandis que Maria s'affairait autour d'eux. L'intendante, qui travaillait au domaine quasiment depuis la naissance de Rocco, accueillit Nicole avec de surprenantes démonstrations d'affection : elle la prit dans ses bras et la serra si fort contre son cœur que la jeune femme en eut le souffle coupé. Elle dit ensuite quelques mots en dialecte à Rocco, qui lui répondit d'une voix agacée. Nicole lui jeta un regard interrogateur.

— Elle dit que le sort de Turi est entre les mains de Dieu. Il est encore très fragile, mais elle est certaine qu'il va se remettre maintenant que je suis de retour. Je lui ai dit que si elle cherchait à me culpabiliser de m'être installé à Monaco, ça ne marchait pas, ajouta-t-il avec une pointe de malice dans le regard. Elle veut aussi savoir si tu veux de la *granita* avec ton café.

— Avec plaisir, répondit Nicole en s'asseyant à table avant de prendre le bol qu'on lui présentait.

Rocco observa Nicole qui dégustait la fameuse *granita* que Maria avait confectionnée avec des citrons mûris dans la propriété. Son grand-père avait passé la nuit, son frère et sa sœur étaient en route, et le café qu'il buvait était fort et noir à souhait. Il aurait donc eu quelques raisons d'être rasséréné, mais il se sentait plus tendu que jamais. Pourquoi la présence de Nicole le perturbait-elle à ce point ? À la voir assise ainsi en face de lui, avec ses boucles sombres qui lui tombaient sur les épaules et ses lèvres roses, il n'avait qu'une idée en tête : la couvrir de baisers. Il reposa trop violemment sa tasse qui résonna sur la table, furieux de se sentir si excité alors que son grand-père gisait à l'étage, dans un état critique.

Mais à quoi bon se leurrer ? Son désir était là, et c'était bien le problème. Omniprésent, il faisait tout autant partie de lui que le sang qui coulait dans ses veines. Il regarda sa femme déguster un morceau de *ciambella* frite en s'efforçant de ne pas se laisser distraire par sa poitrine généreuse qu'on devinait sous son T-shirt. Elle était tout simplement… adorable et, soudain, il se demanda ce qu'il allait faire d'elle durant la journée, tout le temps qu'elle resterait là, en dehors des activités prévisibles.

Normalement, quand il venait tout seul, il trouvait toujours à s'occuper, mais là, c'était très différent. Il comprit que, cette fois, il ne pourrait pas chercher une échappatoire dans le travail et se laisser absorber par ses exigences sans cesse renouvelées. Il lui serait difficile de laisser Nicole se débrouiller seule et d'aller s'enfermer dans son bureau. Il la contempla en évaluant mentalement toutes les possibilités qui s'offraient à lui. S'il l'emmenait au village voisin ou, pourquoi pas, à Palerme, le soir même toute l'île saurait qu'il était de retour au bercail avec sa femme. Ce qui n'avait pas lieu d'être puisque c'était faux.

— Si nous allions faire le tour de la propriété ? suggéra-t-il.

Une inquiétude soudaine assombrit le visage de Nicole. Peut-être se souvenait-elle de la façon dont s'était terminée leur promenade autour du Rocher de Monaco, quand il l'avait entraînée après déjeuner dans cette chambre ouvertement dédiée au sexe ? En tout cas, elle lui adressa un sourire très froid.

— Pourquoi pas ?

Cette fois, il ne lui suggéra pas de se changer car elle portait des chaussures adaptées, et connaissait bien la propriété. Quand il lui proposa d'aller dans le verger, il n'eut pas besoin de lui indiquer le chemin, elle tourna automatiquement à gauche. Il lui avait pourtant été si facile d'oublier qu'elle avait vécu là. Trop facile, peut-être.

Rocco fut surpris de voir la matinée se dérouler sans efforts ni tensions et Nicole retrouver ses marques si vite dans le domaine. Son enthousiasme lui parut sincère tandis qu'elle admirait le paysage ocre et vert. En apercevant un troupeau qui paissait dans un champ broussailleux, elle se souvint même du mot de dialecte pour chèvre. Mais quand ils atteignirent l'oliveraie, au moment même où il se félicitait d'avoir réussi à occuper ces quelques heures sans provoquer un drame, elle lui posa soudain la question qu'il appréhendait.

— Pourquoi es-tu allé t'installer à Monaco, Rocco ? lui demanda-t-elle d'une voix claire et calme. Pourquoi avoir quitté la Sicile alors que tu adores cet endroit ?

Rocco prit son temps avant de répondre et se pencha sur un de ces rosiers plantés au bout de chaque rang d'oliviers pour dissuader les insectes de s'attaquer aux précieux fruits.

— Parce que je travaille essentiellement avec l'Europe du Nord et que cela me permettait de gagner du temps dans mes déplacements.

— Et ton grand-père n'a pas… enfin, tu ne lui as pas manqué ?

— Bien sûr que si, mais il s'y est fait. Les gens changent sans cesse de lieu de vie. Et puis ma sœur habite ici. Rester là par devoir, c'est bien la dernière chose que Turi voudrait me voir faire.

La bouche de Rocco se durcit. Oui, cette obligation-là, il s'en était déchargé, car auparavant il avait assumé plus que sa part de devoir, et Turi le savait. Il consulta sa montre pour mettre un terme à cet épisode et endiguer l'introspection que semblait toujours provoquer en lui la présence de Nicole.

— L'infirmière a suggéré que tu pourrais aller voir Nonno avant le déjeuner, même s'il dort. Si nous rentrions boire quelque chose à la maison avant cela ?

— Avec plaisir. Et j'aimerais bien aussi me rafraîchir.

Une fois de retour, Rocco consulta ses e-mails tandis que Nicole se changeait. Mais, en passant devant la porte entrebâillée de la chambre d'amis, il y jeta machinalement un coup d'œil.

Il avait cru que Nicole utiliserait leur ancienne chambre, même si elle n'y avait pas dormi la nuit précédente. Mais non, ce matin encore, elle avait choisi une chambre éloignée de la sienne et, en regardant à l'intérieur, il s'aperçut qu'elle était en train de se battre avec sa robe car elle ne parvenait pas à remonter la fermeture à glissière située dans le dos. Conscient qu'il aurait mieux fait de s'abstenir, il ne put s'empêcher d'entrer, comme s'il avait la faculté de remonter le temps et était de nouveau en droit de jouer son rôle de mari et de partager avec elle ce genre de petit rituel conjugal.

— Je peux t'aider ?

Elle leva les yeux et son visage fut envahi par une suite d'émotions contradictoires. Elle pinça le nez, l'air contrariée, puis, soudain, elle acquiesça avec une sorte d'enthousiasme. Comme s'il était stupide de se battre avec cette fermeture alors qu'il y avait à côté d'elle quelqu'un qui pouvait accomplir cette tâche sans la moindre difficulté.

Sauf que cela ne se passa pas tout à fait de cette façon.

En toute honnêteté, Rocco n'avait eu aucune intention de la séduire, mais, au moment où ses doigts touchèrent la peau soyeuse de Nicole, il sut qu'il était perdu. Et elle aussi, peut-être, car il entendit un léger soupir s'échapper de ses lèvres. Soudain, au lieu de remonter la fermeture, il se surprit à la baisser. Jusqu'en bas, au début de la courbe des fesses, et cela fait, il lui aurait suffi de passer deux doigts dans l'ouverture pour la faire glisser doucement sur le sol. Mais il s'arrêta avant. Assez longtemps pour lui permettre de s'écarter de lui, de s'insurger ou de lui demander à quoi il jouait.

Mais elle n'en fit rien. Sa respiration se fit plus haletante et, quand il prit ses seins dans ses paumes, elle continua à se taire. En proie à une érection si puissante qu'elle en était presque douloureuse, il se dit qu'il vaudrait peut-être mieux que l'acte se déroule de façon presque… anonyme.

Il pourrait la pousser contre le mur et lui baisser son slip avant de se libérer lui-même. Se glisser en elle debout. La prendre très vite, avec efficacité, pour leur donner du plaisir à tous deux sans échanger le moindre mot, ni même le moindre regard. Ensuite, ils pourraient presque faire comme s'il ne s'était rien passé et ne plus jamais en reparler. Cela lui était déjà arrivé auparavant avec d'autres femmes, mais jamais avec Nicole.

Mais non. Pas question que cela se passe ainsi, pas avec elle. Il la fit pivoter sur elle-même pour chercher son regard qu'il découvrit, assombri et plein de promesses sensuelles, comme il l'espérait. Il se pencha alors et la prit sous les genoux pour la soulever et aller la déposer sur le lit.

— J'ai envie de toi, murmura-t-il en l'allongeant sur le dessus-de-lit brodé avant d'ôter sa propre chemise si sauvagement qu'il en arracha quelques boutons.

— Moi aussi, j'ai envie de toi, répondit-elle en écho.

— Nicole…

Mais elle secoua la tête pour le faire taire.

— Je ne veux ni explication ni promesse que nous ne saurions tenir. Je te veux seulement toi, Rocco. Maintenant. C'est tout.

Comble de l'ironie, en adoptant le comportement habituel de Rocco — une absence totale d'émotion vis-à-vis de ce qui allait se produire —, Nicole eut l'impression d'accroître le pouvoir qu'elle avait sur lui. Pour la première fois depuis leur première rencontre, c'était elle, *Nic,* qui prenait la main. Tout ce qu'il lui avait naguère enseigné se cristallisait dans cet acte unique. Comme dans un ralenti de cinéma, leurs corps se joignirent et s'encastrèrent l'un dans l'autre. La bouche de Rocco se posa enfin sur la sienne dans un long baiser passionné, jusqu'à ce qu'elle écarte les lèvres et que sa langue trouve son chemin vers la sienne. Elle poussa alors un cri qu'il étouffa de la tendre caresse de ses lèvres. Elle noua les cuisses autour de son dos nu et il s'enfonça en elle, encore et encore, faisant durer son plaisir autant qu'il le pouvait, jusqu'à ce qu'il l'entende gémir de façon presque douloureuse. Sans plus penser à rien, il jouit alors à son tour.

Lorsqu'il rouvrit les yeux pour contempler le visage de Nicole, elle lui adressa un sourire enchanteur et, aussitôt, il se sentit durcir. Il se pencha vers elle pour chercher sa bouche, mais elle s'écarta de lui.

— Non.

— Tu es sérieuse ?

— Je suis sérieuse.

— Mais pourquoi ?

— Tu le sais parfaitement, Rocco. On n'aurait déjà jamais dû faire ça, alors, pas question de recommencer.

— Pourquoi ?

— Parce que... Il y a des millions de raisons que je n'ai certainement pas besoin de t'exposer, mais la première, c'est qu'il faut que j'aille voir ton grand-père. L'infirmière attend ma venue.

— C'est vrai. Va prendre ta douche, moi, j'utiliserai une autre salle de bains. Je te rejoins au rez-de-chaussée.

Tandis que l'eau ruisselait sur son corps, Rocco repensa à ce que lui avait dit Nicole et comprit qu'elle avait raison. Ils n'auraient jamais dû faire cela. À quoi bon ? Certes, il avait apaisé son désir, et celui de la jeune femme, mais ils étaient censés en avoir fini et les couples divorcés ne faisaient pas l'amour.

Il tourna le robinet et se sécha, mais, une fois rhabillé et redescendu, il se sentit soudain submergé par un flot d'émotions. Il repensa à l'avenir et à ce qui allait se produire si Turi mourait. Et, même s'il survivait à cette attaque, il ne serait pas éternel. Personne ne l'était. Rocco se demanda ce que serait sa vie après la disparition de Turi, et aussi pourquoi il ne s'était jamais posé cette question auparavant.

*Parce que Turi a toujours été là et qu'il donnait l'impression d'être la vie même, tu t'es imaginé que ce genre d'homme ne pouvait pas mourir.*

Mais il mourrait, lui aussi.

Il se demanda si son frère et sa sœur se tourneraient

vers lui, attendant qu'il prenne la place de son grand-père dans son rôle de patriarche. Que se passerait-il s'il leur disait que cette fonction ne l'intéressait pas ? Et qu'il avait déjà donné autant qu'il le pouvait pour assurer la survie de toute la famille ?

Exagérait-il l'importance du problème parce qu'il était stressé par la présence de Nicole ? Et ne risquait-elle pas d'influencer sa perception de la situation ? Avec elle, le sexe était réellement de la dynamite, mais cela aurait très bien pu être le cas avec une autre. Sa bouche se crispa quand il l'entendit descendre l'escalier d'un pas léger.

Dès qu'elle serait rentrée en Angleterre, tout se remettrait en place. Il arrêterait enfin de réfléchir à sa vie et de se poser des questions. Et il recommencerait à coucher avec des femmes qui ne soulevaient aucun problème.

Il serra les poings.

Dès qu'elle serait repartie…

# 11.

— Tu veux que je reste avec toi ? demanda Rocco en ouvrant la porte de la chambre de son grand-père.

Quand elle pénétra dans la pièce et aperçut le corps inerte étendu sur le lit, Nicole ne sut que répondre. La présence de Rocco allait-elle se révéler un réconfort, ou ne risquait-elle pas de la distraire, surtout après ce qui venait de se passer dans leur maison ? Si cet épisode l'avait complètement déstabilisée, ce n'était pas la technique de Rocco qui était en cause — jamais elle ne l'avait mise en question —, mais cet élan de tendresse inattendu qui avait fait fondre son cœur de joie et de chagrin en même temps. Elle était sur le point de lui dire qu'elle aimerait autant être toute seule quand la forme allongée sur le lit prit la parole :

— Laisse-nous, Rocco.

La voix de Turi n'était plus aussi forte que dans le souvenir de Nicole, mais il était toujours impossible de l'ignorer. Son petit-fils se tourna vers lui.

— Si tu as besoin de quoi que ce soit, Nonno, l'infirmière est dans la pièce à côté, dit Rocco. Ne te fatigue surtout pas.

Turi leva une main impatiente, comme pour lui faire signe de ne pas insister et de partir, avant de s'adresser à Nicole dès que la porte se fut refermée.

— Approche-toi de moi.

Nicole obéit. Le calme et la pénombre de la chambre lui rappelaient celle où elle avait assisté sa mère adoptive, et en repensant à cette dernière elle éprouva soudain une impression de manque plus aiguë. En se rapprochant, elle put voir que les yeux bleus de Turi, si semblables à ceux de Rocco en dépit de l'âge et de la maladie, brillaient toujours du même éclat. Le patriarche lui fit signe de s'asseoir.

— Turi…, chuchota-t-elle en s'installant sur la chaise placée au chevet du lit et en serrant les mains du vieil homme dans les siennes. Je voudrais pouvoir vous dire « j'espère que vous allez mieux » en dialecte.

— Mieux vaut que nous parlions anglais, tu ne crois pas ? répondit-il.

Nicole ne put dissimuler sa surprise, et le ton employé par Turi l'incita à lui parler à cœur ouvert. Car si on ne disait pas ce qu'on avait réellement en tête dans un moment comme celui-là, à quoi bon dialoguer ? Lorsqu'elle était arrivée dans cette maison, il avait refusé de lui parler en anglais et continué à employer le dialecte sicilien, même quand elle s'efforçait d'utiliser son italien basique.

— Pas comme avant, alors ?

Il acquiesça d'un signe de tête.

— Avec toi, je me suis montré stupide, je le reconnais. J'aurais voulu que tu adoptes complètement notre mode de vie, que tu t'assimiles à nous, et j'ai cru que la meilleure façon d'y réussir était de t'imposer des règles sévères, répliqua-t-il avant de laisser échapper un soupir rauque. Hélas, ça ne s'est pas passé comme je le voulais et c'est ma faute. Tout autant que la manière dont je m'y suis pris avec Rocco.

Nicole fronça les sourcils.

— Que voulez-vous dire, Nonno ? Que s'est-il passé avec Rocco ?

La voix de Turi se fit plus forte.

— Il ne t'a jamais parlé de son enfance ?

— Jamais. Il a toujours évité de répondre à mes questions à ce sujet, comme si je n'avais pas le droit de les lui poser. Ce n'est que très récemment qu'il m'a parlé de ses parents.

Le regard de Turi se fit plus inquisiteur.

— Tu sais qu'il n'avait que quatorze ans quand ils sont morts ?

— Oui, je suis au courant.

— Son frère avait neuf ans et sa sœur cinq seulement. Ils étaient… ils étaient… anéantis, conclut le vieillard avant de s'éclaircir la gorge et de passer une main tremblante sur ses yeux. J'ai fait tout ce que j'ai pu, mais ma femme n'a pas survécu très longtemps à ce drame et il fallait que je m'occupe aussi de mes affaires, en même temps que de l'éducation des deux petits. Je me suis appuyé sur Rocco. Beaucoup trop, je le comprends aujourd'hui. D'ailleurs, je lui ai dit…

En entendant sa voix faiblir, Nicole se pencha vers lui.

— Qu'est-ce que vous lui avez dit, Nonno ?

Il lui fit signe de remonter les oreillers sous sa tête, et reprit quand elle eut terminé :

— Je lui ai dit que, pour les petits, il devait se montrer un modèle de courage et de force. Relever la tête, travailler dur et aller de l'avant quoi qu'il lui en coûte, parce que c'était à ce prix que la famille pourrait rester unie et solide. Suivre mon exemple. Ne jamais pleurer ni montrer ses sentiments. Et il l'a fait. Il avait bien retenu la leçon. Trop bien, sans doute.

*Ne jamais montrer ses sentiments.* Un soupir douloureux s'échappa des lèvres de Nicole, car, grâce aux paroles de Turi, elle comprenait désormais beaucoup mieux l'homme qu'elle avait épousé et la raison pour laquelle il se montrait si distant. Était-ce pour cette raison qu'il n'avait pas réagi comme elle le pensait quand elle avait fait sa fausse couche ? Et qu'il n'avait jamais voulu aborder le sujet, même quand ils avaient eu ce dialogue à cœur ouvert, à Monaco, et qu'elle lui avait offert la possibilité de le faire ?

— Oui. Et ensuite, je suppose que Rocco a dû se montrer un étudiant exemplaire et réussir tout ce qu'il entreprenait ?

— Je ne l'ai jamais vu verser une larme. Enfin, jusqu'au moment où…

— Jusqu'au moment où ? s'enquit Nicole en fixant Turi droit dans les yeux. Que voulez-vous dire ?

Il y eut un long silence.

— Jusqu'au moment où tu es partie. Ton départ lui a brisé le cœur.

Nicole sentit la colère l'envahir. Turi avait beau être vieux et malade, jamais il ne pourrait lui faire croire cela. Le cœur brisé ? Rocco ? Impossible ! Et d'ailleurs, c'était lui qui l'avait poussée à partir. Elle se souvint de ce voyage aux États-Unis qu'il avait entrepris au moment où elle aurait eu le plus grand besoin de lui, quelques semaines à peine après ce qui s'était passé, alors qu'elle était encore dévastée par le chagrin.

*Mais elle non plus, elle ne le lui avait pas dit. Elle ne trouvait pas la bonne façon de lui parler, et lui, il n'avait pas l'air non plus d'en avoir envie.*

Elle avait attribué sa froideur au fait qu'il avait été contraint de l'épouser et qu'une fois le bébé disparu, il n'avait plus aucune raison de poursuivre cette relation. Mais ce que venait de lui révéler Turi lui faisait envisager la situation sous un autre angle. Si Rocco avait été éduqué à toujours dissimuler ses sentiments, elle comprenait beaucoup mieux son comportement.

Mais non, songea-t-elle, cela n'avait pas pu se passer de cette façon. Turi était un vieil homme qui idéalisait le passé et s'efforçait maladroitement de trouver la paix au terme d'une vie bien remplie. Après avoir eu tant de mal à surmonter son chagrin, elle n'allait pas entrer dans ce jeu-là. Elle avait fini par s'en sortir et il n'était pas question de revenir sur le passé. Elle pouvait s'autoriser à éprouver de la compassion pour les terribles épreuves qu'avait dû surmonter Rocco, mais jamais elle ne referait l'erreur de croire qu'il était capable de l'aimer, c'eût été une folie. Certes, il savait faire merveilleusement l'amour, comme il le lui avait encore prouvé tout récemment, mais cela s'arrêtait là.

— Je ne peux pas vous croire, répondit-elle.

— C'est pourtant vrai ! s'exclama Turi avec une véhémence inattendue compte tenu de son état. Je ne vois pas ce que ça pourrait m'apporter de te mentir en cet instant. Lui as-tu demandé pourquoi il a quitté la Sicile ? Pourquoi, après ton départ, il n'a plus supporté de vivre dans cette maison ? Pourquoi il a toujours refusé de se débarrasser des affaires que tu y avais laissées ?

Nicole se sentit envahie par une bouffée de terreur, née de l'espoir stupide qu'elle sentait monter en elle. Concernant Rocco, cet espoir était vain, elle le savait mieux que quiconque. Mais, maintenant, Turi semblait épuisé par l'effort qu'il avait fourni pour lui faire cet aveu. Elle se leva pour remplir un verre d'eau et l'aida à boire.

— Maintenant, je vais vous laisser vous reposer un peu, dit-elle à mi-voix.

Après avoir avalé une gorgée d'eau, il écarta le verre d'un geste.

— Promets-moi… Promets-moi seulement que tu lui demanderas pourquoi. Même si je n'ai pas le droit d'exiger de toi une telle promesse.

Qu'aurait-elle pu répondre ? Comment aurait-elle pu refuser d'accéder à la demande d'un vieil homme malade ?

— Je vous le promets, répondit-elle avant de poser un léger baiser sur le front de Turi, qui referma les yeux en souriant.

L'infirmière avait dû entendre le bruit de la chaise de Nicole raclant le sol, car la porte de la pièce contiguë s'ouvrit, et elle apparut, fraîche dans son impeccable uniforme blanc, la regardant d'un air interrogateur.

— *Tutto bene, signora ?* s'enquit-elle.

L'italien de Nicole avait beau être basique, elle comprit cette question toute simple.

— *Sì. Grazie,* répondit-elle avant de sortir.

Mais en quittant la maison de Turi, elle était plus que jamais dans le brouillard, ne sachant ni que faire ni où aller. Elle se dit qu'elle devait prendre son temps et décida de faire un tour dans la propriété pour tenter de retrouver un peu de sérénité, mais cela se révéla impossible. Elle ne parvenait pas à croire ce que Turi lui avait confié parce qu'elle ne *voulait* pas y croire. Ou plutôt elle n'osait pas. Car même si ce qu'il lui avait dit était vrai, à quoi bon remuer tout cela désormais ?

En supposant même qu'elle ait pu compter pour Rocco à ce moment-là, il avait certainement changé. D'ailleurs, il avait prétendu que s'il l'avait emmenée à Monaco, c'était uniquement pour coucher avec elle, et pour en finir définitivement, ce qu'il avait fait. Et il avait recommencé une heure plus tôt. Sans doute continuerait-il à lui faire l'amour tant qu'elle l'y autoriserait, mais, si elle acceptait, cela déprécierait d'autant les sentiments qu'elle avait naguère éprouvés à son égard.

D'un autre côté, elle venait de faire une promesse à Turi. Elle s'était engagée à poser à Rocco une question, et on ne pouvait pas prendre ce genre d'engagement sans s'obliger à le tenir…

Elle partit donc à sa recherche et, quand Maria l'informa qu'il était descendu dans le verger de citronniers, cela toucha une corde sensible en elle. Nicole savait qu'il s'y retirait parfois pour travailler et c'était un des plus beaux endroits du domaine, avec son banc de bois d'où l'on pouvait respirer le parfum exquis des corolles d'un blanc crémeux. Au retour de leur lune de miel, il l'y avait parfois emmenée et ils s'y étaient assis pour écouter le bourdonnement entêtant des abeilles qui butinaient les buissons de lavande. Ce décor réussissait à calmer ses nausées et, en Cornouailles, c'était souvent à ce lieu qu'elle pensait pour imaginer une nouvelle pièce de sa collection de céramiques.

En approchant du verger et en découvrant Rocco assis à l'ombre d'un arbre, un épais dossier sur les genoux, elle sentit son cœur battre plus vite. Un rayon de soleil éclairait ses cheveux noirs et il avait remonté les manches de sa chemise, révélant ses avant-bras puissants. Elle se rappela que, quelques heures plus tôt, elle s'était blottie contre lui, qu'il avait pris son visage entre ses mains et l'avait embrassée… Comme si jamais plus il ne devait s'arrêter.

C'est à ce moment-là qu'elle avait compris… Non, ce n'était pas le mot juste. C'est à ce moment-là qu'elle avait *cru* qu'elle était peut-être encore amoureuse de lui.

Mais elle ne l'était pas.

Absolument pas.

— Rocco ?

En la voyant approcher, il prit un air sombre et repoussa le dossier à côté de lui.

— Turi va bien, dit-elle en réponse à la question muette qu'elle lisait dans son regard. L'infirmière est avec lui. Puis-je m'asseoir ?

D'un geste, elle désigna la place libre sur le banc. Il mit un moment à répondre.

— *Certo,* répliqua-t-il en haussant les épaules comme s'il était agacé.

Cette hésitation et son attitude peu avenante troublèrent Nicole, qui aurait préféré oublier sa promesse, mais elle décida de s'y tenir. Elle s'assit à l'extrême bout du banc, le cœur battant fort, tout en s'efforçant de concentrer son attention sur un papillon posé sur un buisson de fleurs blanches, et se demanda comment elle allait réussir à aborder le sujet sans avoir l'air complètement…

Non.

Peu importait de quoi elle aurait l'air, tout cela était tellement superficiel.

L'important, c'était de connaître la vérité. Quelle qu'elle soit.

— Turi m'a révélé des choses très intéressantes, dit-elle sur un ton qui parut alarmer Rocco.

Son visage se crispa et il la fixa d'un air préoccupé, contrarié, même.

— Je n'ai pas envie d'en entendre parler, répondit-il.

Elle s'en doutait, mais, de toute façon, elle était bien décidée à les lui rapporter.

— Il m'a dit aussi de te demander pourquoi tu as quitté la Sicile. C'est donc la question que je te pose.

Rocco ne s'y attendait pas et les mots de Nicole le frappèrent comme des balles de revolver. Son corps lui parut se rétracter, comme si un instinct vital le poussait à les éviter. Il aurait voulu crier à Nicole que cela ne la concernait absolument pas, et Turi non plus d'ailleurs. Il laissa échapper un petit rire rageur.

— Il doit avoir lui-même son avis sur cette question.

Elle reprit son souffle et il put voir le doute s'inscrire sur son visage.

— Oui, mais je ne suis pas certaine que son explication soit la bonne. Il m'a dit des tas de choses. Il a l'air de se sentir coupable de la façon dont il t'a traité.

Rocco leva la main pour l'interrompre. Elle devait savoir qu'elle franchissait une ligne blanche.

— Mon grand-père nous a pris en charge à la mort de mes parents. Dans ces conditions, comment pourrait-il se sentir coupable ?

— Ce n'est pas ce que je voulais dire, Rocco. Il m'a dit qu'après leur mort, il t'avait obligé à dissimuler tes sentiments et ton chagrin. Comme tu étais l'aîné, il a exigé que tu te montres fort pour le bien d'Olivio et de Romina.

— Et cela m'aurait fait du tort ? lança-t-il avec un geste qui rejetait cette possibilité. *Madonna mia,* jamais je n'aurais cru que, dans son grand âge, Turi s'intéresserait à la psychologie de bazar.

Ignorant ses sarcasmes, Nicole ne le lâchait pas du regard.

— Pourquoi as-tu quitté la Sicile ?

En sentant son cœur bondir dans sa poitrine, il se demanda une fois de plus d'où elle tenait ce pouvoir de provoquer en lui une telle fureur.

— Peut-être parce que je n'ai pas pu supporter d'y rester après que mon épouse chérie a disparu sans explication, ce qui a fait le buzz dans toute l'île et attiré sur mon paillasson la presse internationale. Tu ne peux quand même pas me reprocher d'avoir cherché à échapper à toutes leurs spéculations après ton départ. Et puisqu'on en est à déterrer le passé, pourrais-tu m'expliquer pourquoi toi, tu es partie ?

— J'ai cru que c'est ce que tu souhaitais.

— Tu as cru que je voulais que tu partes ? Ça montre à quel point tu me connais mal. Écoute, je te suis reconnaissant d'être venue ici pour voir Turi. Je suis content qu'il ait pu exprimer ce qu'il avait sur le cœur, car ça va certainement l'aider à guérir, mais, désormais, tu n'as plus aucune raison de rester davantage. Entre nous, tout est fini, n'est-ce pas ? Je vais signer les papiers dont tu as besoin pour divorcer. Mon avion te ramènera en Angleterre dès que tu seras prête. Dans ces conditions, tu n'as plus aucun motif de traîner plus longtemps ici. *Capisce ?*

Il avait parlé d'une voix précipitée, comme s'il cherchait à se débarrasser des mots qu'il prononçait. Et à se débarrasser d'*elle*, Nicole. Il ne lui restait plus qu'à partir, le plus dignement possible. Retourner dans la maison, rassembler ses quelques affaires. Dire gentiment au revoir à Maria et se laisser emmener à l'aéroport, puis monter dans le jet privé de Rocco, dernier moment de luxe avant de reprendre sa vie solitaire en Angleterre.

N'était-ce pas exactement ce qu'elle souhaitait ?

Elle sentait déjà son cœur battre douloureusement.

Non.

Peut-être avait-elle cru qu'elle le souhaitait quand elle avait rempli sa demande de divorce, mais plus maintenant. Parce que vivre avec Rocco changeait le monde, le rendait plus vivant qu'avec n'importe qui d'autre, que cela lui plaise ou non de le reconnaître. Peu importait que la raison l'incite à s'éloigner tant qu'elle le pouvait encore, parce que toute la raison du monde ne pourrait rien y changer. Chaque fois qu'il apparaissait, son cœur se mettait à battre plus vite. Elle l'aimait, depuis le premier jour. Elle l'aimait encore et l'amour était un sentiment : il ignorait la raison. Maintenant, elle savait ce qui avait fait de Rocco Barberi cet homme impénétrable, elle savait combien il s'était senti seul et abandonné quand il était un adolescent endeuillé — interdit d'exprimer son propre chagrin parce qu'il devait se montrer fort devant son frère et sa sœur. Pouvait-elle l'aider à détruire le mur qu'il avait lui-même construit autour de son cœur ? Elle, elle avait appris à formuler ses sentiments, alors peut-être saurait-elle l'aider à en faire autant ?

Non, elle ne voulait plus divorcer, c'était certain. Elle désirait se réconcilier avec lui, pour de bon cette fois, pas uniquement pour la galerie. Qu'elle réussisse ou pas, cela valait au moins la peine d'essayer.

Mais seulement si lui aussi le voulait.

Elle se redressa sur le banc dont elle sentait les lattes de bois contre son dos.

— Je ne veux pas que ton jet privé me ramène en Angleterre, Rocco, chuchota-t-elle. Je veux rester ici, avec toi. Ou rentrer avec toi à Monaco, si tu préfères.

Le visage de son mari se ferma.

— Qu'est-ce que c'est que cette histoire ? rugit-il d'une façon qui donna à Nicole une lueur d'espoir, parce qu'un homme aussi contrôlé, aussi mesuré que Rocco ne pouvait se laisser aller à rugir.

— Je veux donner à notre mariage une seconde chance, répondit-elle calmement. Et j'espère que tu en as envie, toi aussi.

— Tu as perdu la tête ?

Le rugissement s'était fait plus fort encore, ce qui donna à Nicole le courage de continuer, puisque, désormais, elle n'avait plus rien à perdre. Elle devait jouer cartes sur table et faire taire toute fierté. Elle se battait pour son avenir, elle s'en rendait bien compte, un avenir qui, sans Rocco, lui semblait soudain terriblement vide.

— Peut-être, répliqua-t-elle d'une voix enrouée, mais je veux te dire ce que j'ai découvert depuis que tu as resurgi dans ma vie.

— Nicole…

— Je t'en prie, fais-moi au moins le plaisir de m'écouter.

J'ai découvert que j'étais autant à blâmer que toi dans cette affaire, coupa-t-elle, ce qu'elle n'aurait jamais osé faire auparavant. Je le comprends enfin. Je t'étais tellement… reconnaissante… de m'avoir épousée. Et soulagée de ne pas finir comme ma mère biologique, si pauvre et si seule qu'elle avait dû abandonner son bébé pleurant dans la neige sur les marches d'un hôpital. Mais moi, jamais je n'aurais pu faire une chose pareille, ajouta-t-elle farouchement d'une voix haletante. Je l'aurais gardé, quelles qu'aient été les circonstances…

Les mots lui manquèrent et, tandis qu'elle essayait de reprendre son souffle, Rocco se rapprocha d'elle sur le banc.

— Nicole, s'il te plaît, ne fais pas ça, dit-il d'une voix plus douce, comme celle d'un médecin qui tente d'apaiser un malade hystérique.

— Mais j'ai besoin de faire ça ! s'écria-t-elle. Tu ne comprends donc pas ? J'aurais tellement voulu que tu me réconfortes après ma fausse couche, que tu me dises que ça irait mieux, que nous ferions un autre essai… Après tout, c'est une expérience que connaissent beaucoup de femmes. Ce n'est pas la fin du monde, même si, sur le moment, c'est l'impression qu'on en a. Mais jamais tu ne m'as permis de t'approcher, Rocco, et moi, je n'ai pas osé te dire ce que je voulais. Ce dont j'avais besoin. J'ai grandi dans des familles d'accueil où on ne m'a jamais appris à communiquer. Au contraire, j'ai dû cacher mes sentiments parce que c'était la seule façon de survivre. Et toi, comme tu me l'as dit, tu ne sais pas lire dans les pensées, alors comment aurais-tu pu comprendre ce que je voulais ? Tu étais trop occupé à te protéger toi-même contre ton propre chagrin. À essayer de le dissimuler, ce que tu as parfaitement réussi, comme on te l'avait enseigné et comme tu l'avais fait durant toute ta vie.

Un éclair de colère passa dans le regard bleu de Rocco.

— Tu t'imagines que je vais rester là, à écouter toutes ces fadaises ?

— Oui, Rocco. Je pense qu'il faut que tout cela soit dit,

quoi qu'il arrive ensuite, répondit-elle avant de reprendre son souffle et d'articuler ce qui lui semblait à la fois le plus facile et le plus difficile à avouer. Ce que je veux te dire, c'est que je t'aime et que je n'ai jamais vraiment cessé de t'aimer. Et je voudrais que tu nous laisses une chance de tout recommencer de zéro. De donner à notre mariage un nouveau départ. Un vrai départ, cette fois-ci.

— Que t'imagines-tu donc ? demanda-t-il en la fixant d'un air incrédule. Que, par magie, je vais me mettre à t'aimer ?

— Qui sait ce qui peut se produire si tu me permets de me rapprocher de toi ? murmura-t-elle. Si tu ne te souciais absolument pas de moi, pourquoi as-tu conservé toutes mes affaires ? Pourquoi ne t'en es-tu pas débarrassé, tout simplement ?

— C'est mon grand-père qui t'a suggéré de me poser aussi cette question ?

Nicole vit son visage s'assombrir et comprit qu'elle était sans doute allée un peu trop loin.

— Il en a peut-être parlé, oui… Écoute, tu n'as pas besoin de me donner tout de suite ta réponse. Penses-y, c'est tout.

— Tu as l'air de déborder de confiance en toi, rétorqua-t-il sur un ton glacial. Qu'est devenue la gentille petite femme aux grands yeux verts qui m'a séduit ?

— Elle a grandi… Mais sa confiance n'est qu'un vernis, Rocco. À l'intérieur, je tremble d'angoisse parce que mon cœur m'ordonne d'essayer de sauver notre mariage. Et c'est bien ce que j'ai l'intention de faire.

Elle leva les yeux vers le ciel d'un bleu éclatant au-dessus des frondaisons et des fleurs de citronnier au parfum chaud et entêtant.

— Je vais partir à Palerme et y trouver une chambre d'hôtel. Puis je chercherai un vol bon marché pour rentrer en Angleterre…

— Mais je viens de te dire…

— Je sais, et c'est très généreux à toi de me proposer

ton avion, mais, si nous devons nous séparer, je préfère payer mon voyage. Pour prendre un nouveau départ. Je t'enverrai un texto pour t'indiquer où je suis et sur quel vol je pars, et si tu veux que je reste… si tu es disposé à m'ouvrir ton cœur, alors… Alors, tu n'auras qu'à venir me chercher.

Il se leva, la mâchoire serrée, et prit sous le bras la liasse de documents qu'il avait apportée. Ses yeux de saphir étincelaient.

— Je peux te répondre dès maintenant, Nicole, et c'est tout simple. Ce genre de relation, je n'en veux pas et je n'en ai jamais voulu. Je suis désolé de tout ce qui s'est passé, mais il nous faut vivre avec ça. Pourtant, sans doute as-tu raison sur un point : ce qu'il nous faut à tous deux, c'est aller de l'avant.

Une des feuilles du dossier sur lequel il avait travaillé lui échappa et glissa sur le sol, sans qu'il s'en rende compte.

— Mon offre de te ramener chez toi tient toujours, mais je ne vais pas te mettre de force dans mon avion. C'est toi qui vois. Si tu changes d'avis, avertis-moi, mais tu n'obtiendras rien d'autre de moi, ajouta-t-il d'une voix dure. Désormais, tu peux faire ce que tu veux.

# 12.

La chambre d'hôtel était exiguë, mais propre et très fonctionnelle. Des murs nus, un plafond sombre et un matelas dur comme de la pierre.

Dur comme le cœur de Rocco, songea Nicole avant de s'interdire de se laisser aller à ce genre de pensées. Elle ne pouvait pas le blâmer d'être l'homme qu'il était. Elle ne pouvait pas l'obliger à éprouver des sentiments dont il était incapable ni à faire un nouvel essai. Parce que lui, il n'en avait pas envie. Elle lui avait exposé franchement ses propres sentiments et il lui avait répondu franchement que cela ne l'intéressait pas. Maintenant, elle devait se montrer suffisamment adulte pour accepter cette situation telle qu'elle était et non pas telle qu'elle aurait voulu qu'elle soit.

Mais cela faisait trop mal. Oh, oui !

Comment cela pouvait-il faire aussi mal ?

Parce qu'elle lui avait permis de s'emparer de nouveau de son cœur. Voilà pourquoi. Elle avait rompu toutes les promesses qu'elle s'était faites et, aujourd'hui, elle en payait le prix. Toutes ces semaines, tous ces mois, ces années perdus à essayer d'oublier son milliardaire sicilien pour en arriver là…

Elle ouvrit son ordinateur, se connecta et réserva une place sur un vol matinal pour l'Angleterre. Puis elle se changea et se dirigea vers la pizzeria la plus proche pour y dîner. Mais malgré l'odeur délicieuse de sa *capricciosa*, elle la contempla sans le moindre appétit et y toucha à peine. Pourtant, elle commanda un café, et resta longtemps à sa table. En sortant du restaurant, elle entra sans trop savoir pourquoi dans une petite église, de l'autre côté de la rue. Dans la pénombre, il faisait frais, et elle contempla longuement le vitrail brillamment coloré, au-dessus de l'autel, en pensant à Peggy et aussi aux parents de Rocco, au bébé qui n'était jamais né, et alluma un cierge pour chacun d'eux. Dans ce geste symbolique, il lui sembla trouver une force nouvelle, comme si, à la lumière de ces quatre flammes, elle voyait mieux ce qu'elle avait à faire.

Il lui fallait oublier Rocco. Retrouver sa propre fierté et lui rendre sa liberté. Le cœur battant très fort, elle se dit qu'elle ne lui enverrait pas de texto pour lui indiquer le nom de son hôtel ni le numéro de son vol, comme l'aurait fait une femme dépendante et désespérée. *Une femme à qui elle ne ressemblait plus désormais.* Elle lui avait déclaré son amour, mais elle ne pouvait rien exiger en échange. Il ne voulait plus d'elle, il n'aurait pu le lui signifier plus clairement, et il faudrait bien qu'elle l'accepte. Elle avait toute la vie devant elle et un bel avenir, sauf que Rocco ne serait pas dans le paysage. Elle allait rentrer en Cornouailles et reprendre la céramique sans chercher à minimiser ce qui venait de lui arriver. Au contraire, elle tirerait parti de cette expérience, avec ses bons et ses mauvais côtés, et elle imaginerait une nouvelle collection d'objets inspirée par ce qu'elle avait vu à Monaco. Qui sait ? Peut-être pourrait-elle un jour repenser à son ancien mari sans que cela lui déchire le cœur…

De retour dans sa chambre d'hôtel, elle s'allongea sur le lit pour écouter les bruits de la rue, au-dessous d'elle, jusqu'à minuit, alors que le temps s'écoulait avec une désespérante lenteur. Elle se réveilla le lendemain matin, les yeux battus par le manque de sommeil, et se précipita sur son téléphone avec plus d'empressement qu'elle ne l'aurait voulu. Mais l'écran était noir : elle n'avait manqué ni appel ni message de Rocco lui demandant où elle pouvait bien se cacher.

Même si elle ne lui avait pas dit où elle allait, il connaissait son numéro de portable…

Combien de temps allait-elle mettre à se convaincre qu'il ne voulait définitivement plus d'elle ?

Un taxi étouffant et imprégné d'une forte odeur de tabac la conduisit à l'aéroport, et elle fut soulagée d'atteindre le terminal, même si elle savait qu'elle quittait la Sicile pour toujours et que cela lui faisait mal, d'une certaine façon. Mais en ce moment, stupidement, tout semblait lui faire mal. Le cœur serré, elle ôta ses chaussures et son foulard, mais, pour une fois, les contrôles de sécurité se déroulèrent plutôt rapidement, et elle progressa sans encombre en direction de l'avion bondé. Elle venait juste de boucler sa ceinture quand elle remarqua que certains passagers s'agitaient à l'autre bout de l'appareil : quelques-uns s'étaient mis à regarder par les hublots en s'exclamant et en désignant quelque chose, visiblement excités par ce qui se passait à l'extérieur.

Elle se pencha pour voir elle aussi de quoi il s'agissait et crut que son cœur s'arrêtait de battre. Rocco courait sur le tarmac, aussi vite que s'il participait à une épreuve de course à pied, le visage marqué par un désarroi qu'elle ne lui avait encore jamais vu. Il gravit la passerelle et fit irruption dans l'avion, haletant, scrutant la foule des passagers d'un regard éperdu d'angoisse. Dès qu'il l'eut repérée, il fondit sur elle par l'allée centrale, tandis que tous se retournaient sur son passage, surtout les femmes, en commentant l'événement.

Nicole se leva de son siège et le fixa en tentant d'ignorer les battements désordonnés de son cœur. Comment pouvait-il oser ? Cet incident allait très certainement leur attirer à l'un comme à l'autre une foule d'ennuis. Et à quoi bon, alors qu'il avait tout fait pour la rejeter et qu'elle-même, elle avait fini par accepter ce rejet ? Maintenant, elle allait devoir tout recommencer de zéro.

— Qu'est-ce que tu fais là ? marmonna-t-elle.

— Tu m'avais dit que tu me ferais savoir où tu étais, mais tu ne l'as pas fait. Je t'ai cherchée dans tous les hôtels de Palerme.

— Eh bien, figure-toi que j'ai changé d'avis. C'est un défaut bien féminin, ne l'oublie pas. Et, de toute façon, tu aurais très bien pu m'appeler puisque tu as mon numéro.

— Si je l'avais fait, tu m'aurais sûrement raccroché au nez.

Le penser avait dû bien l'arranger, songea Nicole, en serrant les dents.

— Effectivement, tu as sans doute raison sur ce point, dit-elle d'une voix calme et détachée. Dans ce cas, peux-tu m'expliquer ce que tu viens faire ici ? Hier, tu m'as très clairement exposé ton point de vue. Pourquoi ne me laisses-tu pas reconstruire tranquillement ma vie loin de toi ?

Il se pencha vers elle si près qu'il la touchait presque et ses yeux bleus étincelants pénétraient les siens tels deux lasers.

— Je suis venu te dire une chose que tu dois savoir : je t'aime, Nicole. Je t'aime passionnément.

Ses mots firent à Nicole le même effet qu'un chiffon rouge agité sous le mufle d'un taureau. Comment pouvait-il oser prononcer ces mots dans ces circonstances ? Furieuse, elle détourna la tête en s'écartant de lui au maximum pour ne pas être troublée par son souffle ou par la proximité de son corps.

— Tu ne m'aimes pas. Tu ne peux aimer personne d'autre que toi et tes fichues affaires.

— Je t'aime, répéta-t-il d'une voix farouche. Et tout ce que tu m'as demandé de faire dans le verger de citronniers, je le ferai. Je veux tout recommencer de zéro. Je veux être avec toi. Et passer le reste de ma vie à rattraper tout le mal que j'ai fait ou tout le bien que j'aurais dû faire.

Nicole secoua la tête comme pour tenter de revenir à la réalité. La voix d'un des stewards s'éleva dans le micro et elle se dit que Rocco n'allait pas tarder à être expulsé de l'avion, et elle aussi, sans doute, par la même occasion. Réalisait-il qu'elle n'avait pas suffisamment d'argent pour acheter un autre billet ? Mais cela lui était bien sûr parfaitement égal.

— C'est trop tard, Rocco. Tu ne t'en rends pas compte ? C'est vraiment trop tard.

— Ce n'est pas vrai, protesta-t-il d'un air buté.

— C'est moi qui décide ! s'écria-t-elle avec tout autant de détermination.

Au bout d'un moment, il hocha la tête, comme s'il venait de prendre une décision, et poursuivit :

— À Monaco, tu m'as demandé si je t'avais épousée parce que tu étais enceinte et j'ai dit oui, déclara-t-il d'une voix troublée. Mais si je me suis marié avec toi, ce n'est pas par sens du devoir ou à cause de l'enfant que tu portais, mais parce qu'avec toi, pour la première fois de ma vie, j'avais fait l'expérience du *colpe di fulmine*…

Nicole fronça les sourcils car, pour une obscure raison, tous les passagers assis à portée de voix, loin de paraître irrités par le retard du décollage, s'étaient mis à applaudir chaleureusement.

— Je ne vois pas ce que tu veux dire.

— Le coup de foudre…, traduisit-il en se frappant la poitrine du poing. Quand l'amour vous touche comme la foudre, d'une manière si intense et si puissante qu'on ne peut pas résister.

Nicole le contempla, stupéfaite. Était-ce bien là Rocco Barberi, cet homme si froid, si parfaitement contrôlé, qui lui déclarait ses sentiments, son amour, dans un avion plein à craquer ?

— Pourquoi ces gens applaudissent-ils ? s'enquit-elle avec suspicion.

— Parce que les Siciliens sont romantiques par nature et qu'ils adorent les histoires d'amour.

— Il n'en demeure pas moins qu'il est trop tard. Et maintenant, voilà le commandant qui se dirige vers nous et je sens que, pour toi, les ennuis vont vraiment commencer.

— S'il te plaît, *tesoro...*, dit Rocco après avoir jeté un coup d'œil par-dessus son épaule. Accepte au moins de m'accompagner dans un endroit tranquille pour parler de tout ça. Même si je possède cette compagnie, je ne voudrais pas que l'avion perde son créneau de décollage à cause de nous.

*Il possédait la compagnie ?*

Nicole écarquilla les yeux.

*Était-il vraiment impossible d'échapper à l'autorité de Rocco Barberi sur cette île infernale ?*

Elle aurait aimé pouvoir refuser, lui dire qu'elle n'avait pas besoin de lui, ce qui était peut-être le cas d'ailleurs. Mais au fond de son cœur elle le voulait, et quelque chose lui disait que cela ne changerait jamais.

— Très bien, je vais sortir pour t'écouter, au moins pour te faire comprendre que je ne veux rien te promettre.

— Je suis d'accord.

Malgré les applaudissements qui accompagnèrent leur descente de l'avion, Nicole refusa d'offrir aux passagers ravis le happy end qu'ils avaient l'air d'exiger. Ni baiser passionné au ralenti ni longue étreinte sur le tarmac. Parce que la vie n'était pas un conte de fées et qu'elle ne croyait pas en un avenir avec Rocco.

Il la poussa vers une porte anonyme et, avant qu'elle ait compris comment, elle se retrouva dans un salon privé meublé de grands palmiers en pots, de confortables canapés, avec vue panoramique sur les pistes. Mais au lieu de se sentir dépassée ou folle de joie, des émotions qu'elle aurait pu éprouver s'il lui avait fait cet aveu dix-huit heures plus tôt, Nicole ne ressentait qu'une immense fatigue. Pire, elle était furieuse contre elle-même de s'être laissé entraîner, telle une brebis docile, hors d'un avion où elle avait payé sa place. N'était-elle pas censée avoir définitivement abandonné sa toison de brebis ?

— Dépêche-toi de me dire ce que tu as à me dire, Rocco.

Comme début, ce n'était pas très prometteur, et Rocco prit conscience qu'il n'avait jamais vu Nicole aussi en colère. Il faudrait donc qu'il aille encore plus loin qu'il ne l'avait prévu. Plus loin qu'il n'était jamais encore allé. Car elle n'allait pas se satisfaire de demi-mesures, et d'ailleurs, pourquoi l'aurait-elle fait ? Il l'avait déjà tant de fois repoussée, alors comment aurait-elle pu croire qu'il avait vraiment changé s'il ne lui en apportait pas la preuve ? S'il ne lui ouvrait pas enfin ce cœur si longtemps verrouillé à double tour ?

Il reprit sa respiration.

— Tu m'as accusé de t'avoir repoussée alors que nous étions déjà mariés. C'est sans doute vrai, mais pas pour les raisons que tu as pu imaginer. Ce n'est pas parce que je ne te désirais plus, Nicole, car, dès l'instant où je t'ai rencontrée, il ne s'est pas passé une seconde sans que je te désire, mais parce que j'avais peur.

— Tu avais peur ? répéta-t-elle en lui jetant un regard interrogateur.

Il haussa les épaules et reprit :

— J'ignorais comment me comporter avec une femme enceinte, et tu étais sans cesse malade. Très malade. J'ai cru que tu avais plus besoin d'une infirmière que d'un mari totalement dépassé, et après… Après, tu as perdu le bébé…

— Et c'est à ce moment-là que tu m'as repoussée.

— Pour te donner de l'espace. Je croyais que tu en avais besoin. Je voyais que tu étais complètement brisée et il m'était impossible de me rapprocher de toi.

— Cela ne t'était pas impossible. Dis plutôt que tu n'en avais pas envie, répliqua-t-elle lentement.

— Pas du tout. Tu refusais de me parler. Tu ne voulais même plus me regarder. Je me suis dit que si je partais aux États-Unis pour mon travail, cela te donnerait la possibilité d'accepter ce qui était arrivé, à ton propre rythme. Mais peut-être que dans mon for intérieur, j'étais soulagé que tu ne veuilles pas en parler.

Elle releva le menton pour le fixer droit dans les yeux.

— Pourquoi ?

Il y eut un long silence.

— Parce que j'avais peur, encore une fois… Peur de faire face aux sentiments que je ressentais après la perte de ce bébé. Peur que cela ne me mène plus loin que je ne voulais aller.

En entendant sa voix enrouée, Nicole aurait aimé le prendre dans ses bras et le serrer contre elle, éperdument. Mais pas encore. Parce qu'il fallait qu'il parle et qu'il éprouve cette émotion, même si cela leur faisait mal à tous les deux.

— J'avais peur que ça ne fasse remonter le passé à la surface, tout ce que j'avais ressenti quand mes parents s'étaient tués. J'avais réussi à l'enfouir au plus profond de moi et je n'avais pas envie d'y être confronté. Naïvement, je me suis dit que si je partais, la situation se serait d'elle-même apaisée quand je rentrerais.

— Et tu t'es rendu en Amérique, dit-elle d'une voix blanche.

Il acquiesça.

— Oui. Et cela n'a fait qu'empirer les choses. Quand je suis revenu en Sicile…

— Je n'étais plus là.

— *Se,* répondit-il, le visage figé comme un masque. J'ai essayé de me convaincre que cela valait mieux, que jamais je n'avais vraiment choisi de me marier. Je savais que je ne serais jamais le genre de mari que tu voulais. Le genre de mari que tu méritais tant d'avoir.

— C'est pour ça que tu n'es jamais venu me rechercher ?

— Oui, c'est pour ça. Jusqu'à ce que cette demande de divorce arrive sur mon bureau. Mais, à ce moment-là, ma capacité à ignorer mes sentiments a été comme balayée. J'ai éprouvé de la colère et aussi de l'indignation. Je me suis convaincu que tu devais m'accompagner à Monaco, parce que c'était sans doute la dernière chose dont tu avais envie. Je voulais te punir, te forcer à te plier à ma volonté avant de t'accorder le divorce. J'ai même réussi à me persuader que je ne te désirais plus, essentiellement parce que mon orgueil souffrait qu'une femme ait pu me quitter comme tu l'avais fait.

Il s'arrêta un instant avant de reprendre.

— Et puis, je t'ai revue... Je t'ai revue et, de nouveau, le coup de foudre, sans que je puisse rien y faire, rien contrôler. Je me suis dit qu'en faisant l'amour avec toi, je réussirais à me débarrasser de ce désir, mais ça n'a fait que l'amplifier. Le fait d'être avec toi me rappelait sans cesse tout ce que j'adorais chez toi. Ta créativité. Ton insolence. Ta façon de me faire rire. Tout ce que je me refusais à admettre, même au plus profond de mon cœur. Comme cette vérité : je t'aime et je veux que nous restions ensemble. Maintenant et à jamais.

Elle ne répondit pas, mais leva vers lui un regard tranquille.

— Acceptes-tu de recommencer, Nicole ? demanda-t-il d'une voix rauque. Peux-tu envisager de passer le reste de ta vie avec moi ?

Sur son visage, Rocco lut l'immense effort qu'elle faisait pour tenter de contenir l'émotion qui la submergeait. Il aurait voulu la prendre dans ses bras, mais il ne fallait pas, il le savait. Parce que la réponse à cette question devait venir d'elle seule, sans qu'il la provoque par ses caresses ou ses baisers. Ce n'était pas son corps qui devait dire oui, mais sa tête et son cœur.

*Dis oui,* supplia-t-il en silence. *Dis oui, mon amour.*

Il lui sembla que son attente durait une éternité, mais elle finit par répondre.

— Oui, je veux passer le reste de ma vie avec toi. Mille fois oui. Toute ma vie, si tu le veux aussi. Oh ! Rocco... Rocco, ajouta-t-elle d'une voix tremblante.

— Dis-le-moi encore, et encore. Dis-moi tout.

Il n'avait pas le droit de la forcer à exprimer ses émotions, il le savait, lui qui l'avait si longtemps privée d'accéder aux siennes. Mais elle aussi, elle qui avait tout gardé pour elle, dans cette expérience, elle était tout aussi novice que lui.

Elle dut comprendre cette tendre requête car elle fondit

en larmes, secouée par de lourds sanglots, le fixant de ses grands yeux verts. Quand il l'attira à lui, elle se blottit dans ses bras et enfouit la tête au creux de son épaule tandis qu'il caressait doucement ses boucles emmêlées. Elle pleura jusqu'à épuiser toutes ses larmes, et il se dit qu'elle devait pleurer la perte de leur bébé tout autant que les années gâchées par leur séparation. Après avoir séché ses joues du bout des doigts, il posa tendrement ses lèvres sur les siennes.

— Dis-moi où tu souhaites vivre et comment. Je veux que ce soit toi qui décides. Et je ferai tout ce qui est en mon pouvoir pour te rendre heureuse.

Les yeux de Nicole brillaient intensément et, pour la première fois ce jour-là, elle esquissa un timide sourire.

— Ça m'est égal. Peu m'importe l'endroit où nous vivrons et notre mode de vie. Pour moi, la seule chose qui compte, Rocco, c'est d'être avec toi. Jamais je n'ai désiré quoi que ce soit d'autre.

# Épilogue

La voix de Rocco s'éleva, rauque d'émotion.

— *Tesoro,* il est… *bello.*

— Oh oui, dit Nicole en contemplant le berceau où reposait leur bébé endormi avant de plonger son regard dans les yeux remplis de fierté de l'heureux papa. Il ressemble tellement à son père.

— Espérons qu'il aura l'intelligence et le grand cœur de sa mère, répondit son mari en la prenant dans ses bras avant de lui caresser les cheveux. La journée s'est bien passée, tu ne trouves pas ?

En souriant, Nicole lui posa dans le cou un tendre baiser. Ce jour-là, elle avait eu le bonheur de voir célébrer le baptême de leur fils dans l'église sicilienne où elle avait épousé Rocco quelques années plus tôt. Puis le champagne avait coulé à flots lors d'une réception donnée dans le verger de citronniers odorants du domaine Barberi. Ils avaient appelé leur fils Turi, en l'honneur du patriarche paisiblement décédé l'année précédente, heureux de voir Rocco et Nicole enfin réunis et ravi du rôle qu'il avait joué pour les y aider.

Turi n'avait pas survécu assez longtemps pour connaître son arrière-petit-fils, mais il avait adoré les jumelles. Elles étaient nées exactement un an après que Nicole et Rocco avaient décidé de s'installer définitivement en Sicile tout en continuant de séjourner en Cornouailles aussi souvent que leurs emplois du temps bien remplis le leur permettait. Avec leurs boucles d'un noir de jais et leurs yeux bleus étincelants, les petites Lucia et Sofia auraient fait fondre un cœur de pierre, et elles avaient adoré le grand-père de Rocco qui le leur rendait bien.

— Cette journée a été… parfaite, dit doucement Nicole. *Perfetto.* J'aime bien la dernière copine de ton frère et ta sœur avait l'air en grande forme.

Depuis le jour où Rocco avait fait irruption dans l'avion pour lui déclarer son amour devant les passagers médusés, il s'était passé bien des choses. Tout d'abord et pour aborder l'avenir dans les meilleures conditions, son mari l'avait accompagnée en Cornouailles et l'avait aidée à trouver un repreneur pour sa petite boutique, une personne capable de s'en occuper avec autant de goût qu'elle l'avait fait.

Puis ils étaient rentrés reprendre leur vie de couple marié en Sicile. Non pas en raison de l'âge et des problèmes de santé de Turi, mais parce que Nicole avait pris goût à la vie simple qu'ils menaient là-bas. Elle avait vraiment l'impression d'y avoir trouvé sa place, et, désormais, elle ne s'y sentait plus une pièce rapportée sans utilité. Rocco avait revendu sa villa de Monaco et commencé à déléguer autant qu'il le pouvait, afin de passer davantage de temps avec ceux qui comptaient réellement pour lui.

Avec sa famille. Ses jumelles qui le menaient par le bout du nez. Son fils nouveau-né. Et Nicole, évidemment. Il ne s'écoulait pas un jour sans qu'il lui répète qu'elle était la clé de son bonheur et que sans elle jamais il n'aurait été aussi heureux.

Il lui avait fait aménager un atelier et un four à céramique et, quand Lucia et Sofia lui laissaient un petit répit, elle venait y créer de la vaisselle qui commençait à plaire beaucoup. Elle avait déjà exposé à Palerme et Rocco avait même envisagé d'y installer une boutique, mais elle n'avait pas envie de se presser. Il y avait un temps pour tout, et elle ne manquait pas d'ambition, mais, pour le moment, elle préférait profiter des présents qui lui étaient offerts : successivement, ses trois enfants avaient porté la petite grenouillère qui était restée longtemps dans un tiroir, inutilisée…

— Tu as sommeil, *tesoro* ? s'enquit tendrement Rocco, l'arrachant à ses pensées.

— Pas le moins du monde.

— Dans ce cas, si nous allions nous asseoir dehors et boire une *limonata* sur la terrasse en regardant apparaître les étoiles ?

La fête à laquelle avaient participé la plupart des villageois et qui avait duré tout l'après-midi et une partie de la soirée était désormais terminée, et le domaine avait retrouvé sa tranquillité. Nicole comprenait maintenant une grande partie de ce qui se disait, car elle avait vite admis qu'il lui serait indispensable de parler couramment la langue de son mari : la communication était la clé de tout et elle s'était donc astreinte à suivre des cours particuliers de conversation avec un professeur local. Chaque jour, elle prenait davantage confiance en elle. Et Rocco adorait particulièrement entendre son épouse anglaise le héler en dialecte.

Les glaçons tintaient dans son verre et la *limonata* aigre-douce faite avec des citrons du domaine était très rafraîchissante. Au-dessus d'eux, le ciel indigo s'obscurcissait et on devinait déjà la promesse des étoiles les plus brillantes que Nicole ait jamais vues. Elle poussa un léger soupir.

Rocco l'entendit-il ? Il tourna vivement la tête vers elle.

— *Felici ?* demanda-t-il tendrement.

— Oui. Complètement heureuse.

Il lui sourit. Qui aurait cru qu'il trouverait un jour ici tout ce qu'il pouvait désirer, dans les bras d'une femme superbe et au milieu d'une famille qui ne cessait de s'agrandir ? Parfois, il pensait à tout ce que Nicole lui avait appris : à affronter ses propres sentiments, même s'ils risquaient d'être douloureux, parce que de cette douleur naissait une compréhension qui lui apportait une incomparable plénitude. Elle lui avait appris à aimer et, ce faisant, elle lui avait aussi appris à vivre.

Il se tourna vers elle pour mieux la contempler. Elle avait ôté ses sandales et remuait ses orteils aux ongles vernis orange vif. Ces temps-ci, elle s'attachait souvent les cheveux parce que les jumelles avaient tendance à s'y accrocher comme à des cordes, mais, ce soir, elle les avait laissés libres et ses boucles brunes tombaient en cascade jusqu'au milieu de son dos. Sa longue robe rose de mousseline légère lui donnait une allure plus bobo que classique, mais cela lui allait bien. Quoi qu'elle porte, elle était toujours superbe, et, après tout, c'était une artiste.

En levant les yeux, elle surprit son regard posé sur elle et écarquilla les yeux.

— Qu'y a-t-il ? s'enquit-elle.

En sentant une onde brûlante monter dans tout son corps, il se raidit très légèrement.

— J'étais en train de me demander si par hasard on ne pourrait pas se coucher de bonne heure…

Le regard qu'elle lui jeta suffit à répondre à sa question. Il se leva de sa chaise et elle lui tendit les mains pour qu'il l'aide à se lever à son tour.

— On dirait que tu lis dans mes pensées, murmura-t-elle.

— Je me demande si toi, tu es capable de lire dans les miennes, répondit-il.

Elle se mit à rire.

— Rocco Barberi, tu es vraiment terrible.

— Je sais, dit-il en l'entraînant vers la maison. Et c'est d'ailleurs une des raisons pour lesquelles tu m'aimes tant.

Retrouvez en février 2019,
dans votre collection

*Azur*

**Libre de t'aimer, d'Andie Brock - N°4048**

*ENFANT SECRET*

Quatre ans. Lukas Kalanos a croupi quatre ans dans une sombre prison d'Athènes, pour un crime qu'il n'a pas commis. Une éternité durant laquelle la rage et la haine ont consumé son cœur. Aujourd'hui qu'il a recouvré la liberté, il ne vit plus que dans un seul but : se venger des Gianopoulous, qui ont gâché son existence. Mais alors qu'il confronte Calista, la fille de son ennemi qui l'a autrefois séduit avant de le trahir, il découvre que la belle a eu une enfant de lui…

**Le patron de ses rêves, de Louise Fuller - N°4049**

*COUP DE FOUDRE AU BUREAU*

Un regard envoûtant, un sourire langoureux, une voix suave… Ramsey Walker est un fantasme vivant. Alors que depuis leur rencontre à Sydney, Nola s'efforce d'ignorer le désir qu'elle éprouve pour son patron, elle finit pourtant par succomber à son aura. Dans ses bras, elle perd la raison, oublie que chaque folie a ses conséquences. Jusqu'à ce qu'elle se découvre enceinte et que ses principes lui reviennent de plein fouet : on ne mélange jamais travail et plaisir…

**Odieuse attirance, de Melanie Milburne - N°4050**

C'est un cataclysme d'émotions qui s'abat sur Ailsa, lorsqu'elle retrouve son époux à Florence, après deux ans de séparation. À son grand désarroi, Vinn Gagliardi a gardé le pouvoir de la faire sienne d'un seul regard. Une réaction à l'image de leur union, bien trop tumultueuse, et qu'elle est résolue à contrôler aujourd'hui. Hélas, alors qu'elle souhaiterait retrouver sa liberté, Vinn s'oppose catégoriquement à ce qu'ils divorcent. Pis, il la soumet bientôt à un odieux chantage en exigeant qu'ils reprennent leur vie commune…

## Le pacte d'une héritière, de Tara Pammi - N°4051

Brusquement devenue une riche héritière, Pia ne supporte plus l'intérêt que certains lui portent. Tous ces prétendants qui lui tournent autour ne s'intéressent à elle que pour sa fortune, elle en est sûre ! Résolue à tenir à distance les importuns, sans froisser son grand-père qui rêve de la voir mariée, Pia décide de se trouver un faux fiancé. Et le candidat idéal lui apparaît bientôt sous les traits sublimes de Raphael Mastrantino. Avec cet homme qui lui a toujours été hostile, elle sait à quoi s'en tenir ! Reste à le convaincre de se prêter à cette comédie sans lui révéler l'effet troublant qu'il exerce sur elle...

## Retrouvailles en Italie, de Heidi Rice - N°4052

En quittant New York pour l'Italie, Katie comptait prouver au monde, et surtout à elle-même, qu'elle pouvait être autre chose qu'un entrefilet dans la presse à sensations. Loin de sa scandaleuse famille, elle a goûté au bonheur de l'anonymat, à la fierté de ne devoir rien à personne. Aussi, le jour où ses proches lui envoient Jared Claine pour la ramener aux États-Unis, Katie est sur ses gardes. Comment pourrait-elle suivre cet homme chargé de sa sécurité, alors que sa proximité seule suffit à la mettre en danger, depuis qu'autrefois, il lui a brisé le cœur ?

## Troublante liaison, d'Abby Green - N°4053

Passer un week-end à Rome en compagnie du plus bel homme que la Terre ait jamais porté ? Bien que tentée, Alana hésite à se lancer dans cette folle escapade. Les intentions de Pascal Lévêque sont en effet limpides : si elle l'accompagne en Italie, ce sera pour y partager son lit ! Or, Alana redoute autant qu'elle en rêve d'être la maîtresse de l'homme d'affaires. Le jour où Pascal se lassera de leur liaison, ce qui ne manquera pas d'arriver, qu'adviendra-t-il d'elle ? Saura-t-elle reprendre le cours de sa vie et oublier celui qui, déjà, fait battre son cœur bien trop fort ?

## La vengeance de Dante Gallo, de Dani Collins - N°4054

Cami est bouleversée. Comment peut-elle être licenciée, alors qu'elle vient tout juste de prendre son poste dans ce petit hôtel de charme canadien ? La réponse, glaçante, ne se fait pas attendre. Le propriétaire des lieux n'est autre que Dante Gallo, l'ennemi de son père. Un Sicilien sans états d'âme qui a juré de lui faire payer très cher le conflit qui oppose leurs familles. Mais la déconvenue de Cami grandit encore quand elle prend conscience de l'attirance irrépressible qu'elle éprouve pour cet homme qu'elle déteste...

## L'héritier secret du prince Vitale, de Lynne Graham - N°4055

SÉRIE : *SECRETS DE MILLIARDAIRES* - 2/3

Se faire passer pour la fiancée du prince Vitale Castiglione ? Si le défi est de taille, Jazz n'a d'autre choix que de le relever. Certes, elle n'a rien d'une femme du monde, mais en accompagnant au bal l'héritier de Lerovia, elle obtiendra de lui le soutien financier dont elle a cruellement besoin. Bientôt, parée de ses somptueux atours, grisée par le regard appréciateur que Vitale pose sur elle, Jazz se prend au jeu... Mais lorsque le conte de fées laisse place à la passion, elle se retrouve enceinte d'un homme à qui elle n'aurait jamais dû se lier...

## Chantage aux Bahamas, de Michelle Smart - N°4056

SÉRIE : *AMOURS VENGERESSES* - 2/3

Parce que son frère Benjamin le lui a demandé, Chloé Guillem n'a pas hésité à mentir à Luis Casillas, précipitant celui-ci dans un retentissant scandale. Mais alors qu'elle espère échapper à la fureur de Luis en se réfugiant à Lucaya, une île des Bahamas, l'homme qui occupe toutes ses pensées la retrouve. Et de toute évidence, il a déjà une idée précise de la façon dont il va se venger d'elle. Si Chloé veut retrouver la terre ferme, elle devra aider Luis à redorer son image... en l'épousant !

## Le devoir d'une reine, de Pippa Roscoe - N°4057

En fuyant le prince Odir Farouk, son époux, et le palais devenu sa prison, Eloise ne songe qu'à mettre fin à une mascarade. Non seulement ce mariage arrangé par son père ne la rend pas heureuse, mais il n'en a que le nom. Jamais Odir ne l'a impliquée dans les affaires du Farrehed, comme elle l'espérait. Jamais il n'a semblé partager ses sentiments, comme elle l'a rêvé... Hélas, sa désertion n'aura duré que six mois et maintenant qu'Odir l'a retrouvée, il exige qu'elle accomplisse son devoir en offrant à leur pays ce qu'il attend : un héritier.

## Le play-boy de Nob Hill, de Jennie Lucas - N°4058

Lorsque Alessandro Caetani, son patron, lui demande de l'accompagner à un bal de charité, Liley tombe des nues. Elle, au bras de ce séduisant milliardaire dont on ne compte plus les conquêtes ? Un instant effarée, et certaine qu'il se moque d'elle, Liley refuse. Avant de changer d'avis, et d'accepter. D'abord pour donner une bonne leçon à ceux qui lui ont fait du mal et qui ne voient en elle qu'une jeune femme effacée et sans relief. Ensuite parce que le regard qu'Alessandro pose sur elle la fait frissonner, même si elle sait qu'il l'oubliera dès le bal terminé...

Composé et édité par HarperCollins France.

Achevé d'imprimer en décembre 2018.

CPI
BLACK PRINT

Barcelone

Dépôt légal : janvier 2019.

Pour limiter l'empreinte environnementale de ses livres, HarperCollins France s'engage à n'utiliser que du papier fabriqué à partir de bois provenant de forêts gérées durablement et de manière responsable.

*Imprimé en Espagne.*